親愛的朋友:

　　謝謝你打開這本書,
我總是相信文字的力量可以穿越時空,
使見字的人感受到筆者當下的心境,
因此萬事萬物的相聚都有意義,
無形之中我們互相交流和影響,
我感到很榮幸能夠用文字的方式
安安靜靜地陪伴你。

讓我們一起在生活中漫步前行,
書裡見　。

2023. 11 青

晚安是你，
明天的早安也要是你

遇見棉木先生的青

一直想寫一本書致敬愛情，然後把他獻給我最愛的人——棉木先生。

曾經我是一個很孤獨的人，但是遇見棉木先生之後，我的世界開始有了顏色，生活變得無比快樂。從我十七歲認識棉木先生開始，我的日記裡寫的都是關於他的事情，我寫下我們的對話、我的心動、我的反省。出版這本書的這一年，剛好是我們交往十週年的日子，也是這一年，我們結髮為夫妻。

這十年，我的日記裡記錄下許多事，有我們一起經歷的身分轉變、我們甜而不膩的生活、我們一起面對的挫折和挑戰。對我來說，世界上最美好的愛情，是兩個人願意攜手在雜亂的生活中前行，是即使激情褪去仍珍惜著每天的普通和平凡，是把日子裡的柴米油鹽醬醋茶都活成最珍貴的浪漫。

愛情，使我蛻變成更好的人，我願能將這份幸福送到你的手裡，翻開書就能浸染在這樣的美好當中。

遇見青的棉木先生

這本書好似一張黑膠唱片，載滿了我與青滿滿的回憶，愛情和生活的共振全刻劃在音軌之間。靠著青的字句，我們的故事落地而能夠傳達給每一位讀者。當我閱讀這些文字時，常常不禁這樣問：「我真的有這樣說過嗎？」青總是微笑篤定地回答：「有，這都是我幫你記錄下來的。」

這些故事都發生在當下，紀錄也是。每當我說的話讓青感到甜蜜或者有趣時，她都會二話不說立刻從包裡取出她的小本子或手機，紀錄下片段的句子或單詞，她深怕事件會隨著時間過去後忘記，於是每一次她都仔細地記錄下這些互動，即使只是生活中很微小的故事。好幾次，我們在睡前的聊天中，我無意地說出了某些令她心動的句子，她總是會趕緊起身、拿起手機開始打字，然後對著我說：「你又害我要工作了。」我看見她默默地坐在床上，安安靜靜地在文字裡建構、完整這些珍貴的瞬間。

這本書不僅僅是我們之間的故事，也代表了愛情的一百種樣貌，透過這些文字，我們希望將這份溫暖和真摯的情感分享給每一位讀者，讓大家都能感受到生活中因愛情的滋潤而有的美好和感動，以此能夠更加珍惜與愛人相處的每時每刻。

CONTENTS

每一句好久不見，
都藏了很深的思念。

CHAPTER 1

我們之間的距離

一句簡單的話裡，
藏了每個晚上來不及跟你說的晚安，
藏了你看不見的眼淚，
藏了每分每秒對你很深很深的思念。

思 念 你 的 時 候
就 從 頭 再 想 一 遍

「妳認真的背影好美哦……」棉木先生說我寫論文的樣子很像中情局的調查人員，雙螢幕、紙本資料，再配上機械鍵盤的喀喀聲。他很少看到我在家寫論文的樣子，因為我總是告訴自己要在棉木先生下班之前做好自己的事情，棉木先生回家了，我的時間就是他的。

昨天吃完晚餐後，他主動說要去附近散散步，我開心的應著他。

「如果我看見妳有目標前進，我會很高興。」在我這半年低靡的日子裡，這是我第一次聽到棉木先生這麼對我說。他總是很體諒我的低潮，總是說他會一直陪在我身邊，這次他說：「我們一起前進啊！」

散步的時候，他隨意地指著地上的線說：「我們要往前面的目標看去，朝著前方走就看不到腳下的困難了。」他的眼睛看得好遠，手筆直的直指前方。

想
・
念

我的前方有你在嗎，我問。

「我永遠都在。」他揉了我的肩膀說。

雖然接下來的路，我們會暫時的別離，但是最後我們還是會
走在一起。他總是教我要把眼光再放長一點，不要拘泥眼前
的利益，那會侷限未來的發展。謝謝你是那麼的好，一直以
來都是你帶著我前進，接下來好像該自己走了。

「妳只要一通電話，嗚嗚這樣……我就馬上開車下來陪
妳。」他說這些話的時候，我的眼睛都捨不得眨，我會把你
記著，每一句話、每一個表情、每一個動作，思念你的時候
就從頭再把這些都想一遍。

你
會

想
我
嗎

棉木先生不是一個擅長傳遞情感的人，比起表達，他更善於傾聽。

好幾次吵架都是因為這樣，因為他總是讓著我、總是道歉，但有時候我需要的其實不是這個，如果能知道他心裡在想什麼，即使大吼大罵我也甘願。

每一次因為遠距離而必須道別，我總會問上一句：「你會想我嗎？」他的答案永遠都是那樣，我會想妳的。不知道為什麼明明知道他會這麼回答，可是每一次都像忘記了那樣再問他一次。

也許只是希望有一天，他能夠比我還要先告訴我：「我會想妳的。」

我 已 經 開 始

想 妳 了

昨天晚上我們抱著一起睡，一分開就又馬上黏在一起，深怕
天亮就要把我們拆散，於是兩個身體緊緊地相互依偎。

我們聊了很多話，斷斷續續地。一下子進入夢鄉，一下子又
說了幾句話，這樣的一來一往讓夜晚拉得綿長，我們之間有
很多的捨不得。

「你要想我喔。」我叮囑他離開的這幾天，要記得我在這
裡想念他，他撫摸著我細細的髮絲說：「我已經開始想妳
了。」

睡覺的時候我習慣抱著你，你總是將身體捲曲面向牆壁，你說那樣對你來說比較有安全感。我有時會因此而生氣，因為希望你能抱抱我，而不是我主動貼著你。

直到那天你說：「妳貼著我的背的時候，我覺得妳很愛我。」我才發現，原來我總是希望得到愛，而忽略了他也需要我的付出。

連假這幾天我們都各自回家過節，好像我們習慣只要回家了就不特別手機問候、也不特別報備，因為信任所以可以很安心。

昨天晚上突然很想念你，偌大的床沒有你，怎麼翻都不會撞到人、沒聽到爛掉的鬧鈴、沒人拉我去洗澡，以後就是這樣的日子嗎……。

我不是時時都快樂，尤其在沒有你的時候，我時常會哭、會生氣，我的心會冷也沒有那麼溫暖。

下次見面的時候你得教教我，如何在失去你的時候不要總是在哭，你要把我抱緊讓我知道分離不是失去。

今天適合

想念

妳 知 道 什 麼 是
度 日 如 年 嗎

每一次到分離時刻我都會特別捨不得，總是想盡辦法拖時間，希望能再相處久一點、再多說一些情話、多擁抱幾秒鐘也好。

棉木先生不像我這麼黏，每一次都是我依依不捨，他看起來一點也沒有害怕分開，於是我問他：「分開的這四天，你會想我幾天？」原本埋在他懷裡的我故意探出頭來，想看看這個木頭會有什麼樣的回答。

「一萬天。」棉木先生說。

一聽就是油嘴滑舌，我生氣地回話：「四天哪有這麼久！」

棉木先生再度把我的頭揉進他的懷裡，輕輕地在我耳邊說：「妳知道什麼是度日如年嗎？」

我很想妳，現在很想抱妳的那種想妳

那天分離的時候，他把我抱得好緊，因為我們即將分開一段時間，我們必須各自回家陪家人過年了。我們都很愛對方，但也很愛家人，即使依依不捨也仍然開心地道別。

「你會想我嗎？」這是每一次在我沒有安全感的時候，我常常掛在嘴邊的句子，你會想我嗎，意思是我很想你，我怕你沒有想到我，怕你其實沒有那麼需要我。

棉木先生說了一萬遍：「我會想妳。」我仍然感覺不夠踏實，好像永遠都覺得太遙遠，如果能一直黏在一起該有多好。

昨天他在電話裡這樣說：「我很想妳，現在很想抱妳的那種想妳，妳知道嗎。」他說話的時候帶點鼻音，我的腦海裡想像他張開了雙臂停留在原地，像平常一樣等我衝過去擁抱他。

我每分每秒
都在想你

這幾天我們各自回家過節，電話裡我問棉木先生：「你今天有想我嗎？」棉木先生說有，他說他真的有想我。

我告訴他什麼叫做想念：「我每分每秒都在想你。」

棉木先生不甘示弱，他緊接著說：「我每毫秒都在想妳。」

棉木先生覺得他贏了，我怎麼可能輸給他，於是下一秒我說：「我每奈米秒都在想你！」

想念

其實想你
不只有今天

好久沒有見到你了，最近只能透過電話
聽你的聲音，有時候一天的時間太少，
連一個故事都講不完。

我好想你，希望遠遠的你會知道，其實
想你不只有今天。

你 不 在 ，

　　　　　　我 還 是

　　　很 認 真 的 過 生 活

今天的陽光很溫暖，灑在樹葉上的樣子很美，可惜你不在，
不然我們就可以一起曬太陽。

今天早上起床的時候是七點多，我和母親推著菜籃車去市場
買菜，回來之後母親用排骨燉湯，我在客廳跳舞，流了一些
汗，覺得好快樂，可惜你不在，不然你一定會說我很棒。

你不在，我還是很認真的過生活。

每一句好久不見，
都藏了很深的

思念

「好久不見。」

每一次和棉木先生見面的時候總是會說這句話，總是會不經意地避開他直視著我的眼睛，然後還是會有一點點的害羞。

一句簡單的話裡，藏了每個晚上來不及跟你說的晚安，藏了你看不見的眼淚，藏了每分每秒對你很深很深的思念。

看到你 什麼都忘記了，

只記得

幸福的部分

今天起床的時候，看到手機有一通來自棉木先生的未接來電，我心想糟糕了，他昨天說要來找我，不知道他會不會早就到我家門口了；我趕緊回撥電話給他，幸好他還在路上，於是我趕快拎著約會要穿的衣服，到浴室洗一個香噴噴的澡。

見到他的時候滿心歡喜，心裡放了好幾百場煙火，他不知道。

我們開著車往山裡走，一路上有說有笑的。

今日之前的那些思念一點也不算什麼，看到你什麼都忘記了，只記得幸福的部分。

我的初戀是棉木先生，他在我十七歲的時候出現。

在那之前，我是一個很孤單的人，我總是一個人，而且感覺
被世界拋棄，我不相信朋友、不相信愛情，我覺得世界是冷
冰的。

棉木先生是我生命中很大的禮物。他走進我的生活，擁抱我
的悲傷、擦乾我的眼淚，也是從那時候開始，我懂得示弱、
懂得打開自己的心。

我的世界因你而變得不一樣了，我不再是原本的樣子，我的
心因為你而柔軟，我的眼光因你而不再銳利，我的生活，也
因為有你而有更多光彩。

當我說出「我愛你」的時候，那意味著我將生命的全部都空
出來了，我願意走進你的、也甘願捨去我的。

謝謝愛情、謝謝你，讓我可以找回自己，找回生命裡的光
亮。

陪伴

你是我生命中很大的　禮物

謝謝你
接住我的眼淚

「我會好捨不得你。」不要走好不好，我們又要回到遠距離的生活了嗎。

這段時間只要稍微感覺開心，我的心裡就好害怕，棉木先生即將離開我的城市，到更好的地方工作。知道以後剩下我一個人，我就不敢享受現在擁有的幸福。

那天他帶我去吃我愛的杏仁湯。喝著湯，同時手邊一直有訊息進來，是關於我工作上的事。我有時候看手機、有時候又嘆氣地把手機放下，我不想留在這裡，我想去有你的地方。

雖然，我可以選擇到你的城市生活，但種種原因使我無法馬上過去你身邊，我們必須經歷一段沒有彼此的日子。

「妳什麼都不用擔心，妳的未來包在我身上。」他說話總是那麼自信，彷彿我真的可以完全倚靠他；可是我好害怕，越是依賴你，我就越害怕有一天你會離開。

謝謝你接住我的眼淚，接下來我會練習自己把眼淚擦乾。

陪
伴

不用擔心，

我都會陪在妳身邊

自從棉木先生回北部工作後，我們只能在電話裡互相關心，有時候會接到他下班的電話，有時候聽到他的聲音已經是睡前了。

這幾個月說真的有時候挺不習慣的，沒有看到他總覺得生活少了什麼，以前我都在家裡等他下班，我喜歡在他回家之前幫他整理好房間、洗好衣服，然後我們會一起去運動，還有一起吃晚餐。

有時候覺得遠距離的戀愛好不踏實，我們真的有在一起嗎、我不在的時候你會想我嗎？

「不用擔心，我都會陪在妳身邊。」棉木先生在電話裡這麼說，不知道是不是為了安慰我才說的，至少每次聽到這樣的話，都讓我又安心了一點。

無論如何，謝謝你這麼說。

026
027

只要有你在身邊，
我去哪裡都無所謂

「你都不擔心之後我們的遠距離嗎？」

「不擔心，因為妳很快就會過來我身邊了。」

棉木先生今天打了電話給我，問我禮拜一有沒有空，他很期待我們的七週年紀念。日子過得好快，我們在一起竟然已經滿七年、要邁向第八年了，真的一點都不覺得漫長，反而覺得青春好短，好像接下來就是論及婚嫁的年紀了。

記得跟棉木先生交往的前四年，我們就一直是遠距離，雖然一個禮拜還是能見一次面，但我們還是因為無法天天見面而非常思念對方。那時候的我們都還在唸書，棉木先生常常坐夜車來找我，偶爾能夠住在一起幾天就覺得好幸福。

陪伴

他工作之後，剛好我在念研究所，我們更常見面了，我常常等他下班、我們常常一起吃晚餐。

想到之後這樣的日子就會消失，心裡就有點難過，好像又要回到遠距離的生活，那種思念真是難熬，獨立的生活對我來說並不難，但我仍然希望有他可以天天依靠。

記得幾個月前，他問我之後想待在哪個城市生活；我其實沒有答案，「只要有你在我身邊，我去哪裡都無所謂。」我一直是這麼想的。

今天終於見到棉木先生，在這之前他打電話給我，要我在電話裡陪他，我陪他出門、陪他開車，一直到掛了電話，走出家門看到他就在我眼前。

「好久不見，你有想我嗎？」我看棉木先生都沒有表情忍不住這麼問他。

「有，當然有。」他終於露出了一點表情，那應該是撒嬌的意思。

遠距離對我們來說應該不陌生，但是這次因為工作而分開，讓我們開始認真思考了以後的生活。

雖然希望能趕快住在一起，不想再過異地的戀愛生活，可是一個人去他的城市工作也讓我感覺很不安，我怕找不到適合自己的、怕自己沒有用處。

棉木先生說：「請妳相信我，我會幫助妳的，就算有過渡期也讓我照顧妳。」

請妳相信我，
讓我照顧妳

你可不可以陪我一下，一下下就好

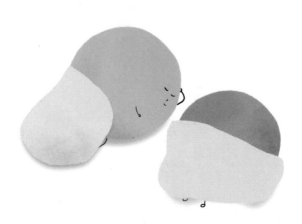

昨天睡在棉木先生的家裡，他的父母很貼心的為我準備了一個人的房間。

棉木先生知道我怕孤單，於是一直陪著我。「妳放心，我等妳睡著了才會離開。」他拿著枕頭到我旁邊躺下。

他把手枕在後腦勺，等著等著，睡著了，被子都忘了蓋。

看著你熟睡的樣子，真可愛，謝謝你在這裡陪我。

有你在的地方

就不算遠方

今天我們又回到了這個公園，這裡是我們以前常常散步的地方，我們在這裡做過好多決定、說了好多的心事，也在這裡掉過一些眼淚，這裡的人來來去去，我們一起聽過好多街頭藝人的表演，有些人換了，有些人還繼續著。就像我們。

走路的時候你還是那樣，偶爾牽著我的手、偶爾護住我的腰，「我很開心今天跟妳約會。」棉木先生說。

我開心的點點頭，我也是、我也是。

不知道將來的我會在哪裡，但有你在的地方就不算遠方，任何地方我都願意和你一起闖蕩。

陪伴

按照妳喜歡的
速度前進
就可以了

為什麼要分開，為什麼你要走，為什麼我們不能一直在一起。

棉木先生一把抱住我，把我的肩膀揉進他的懷裡，我埋著頭、嚎啕的哭了起來。

「不然這樣，妳最近就來找工作，然後，住下來吧。我們不要再分開了。」棉木先生說。

「可是我很害怕、很害怕啊。」我抓著他的手臂，哭得更大聲了。

「按照妳喜歡的速度前進就可以了，在我心裡妳是很棒的。」棉木先生留下這句話，他一個人開車走了。電話還通著，心裡感覺這不算真正的分開。

下次見面的時候，我一定會更強壯，我在心裡這樣告訴自己。

我知道我們永遠都會在一起

當我緊緊擁抱你，我就願意把我的生命都交付給你，因為我知道，我們永遠都會在一起。

從前我一直認為，我是這段感情裡主動的那一方，我主動告白、主動撒嬌、主動黏在你身邊，我常常怪你木訥，說你不勞而獲得到我。

交往七年了，我才發現原來你一直在我看不見的地方，默默地守護著我，在我需要幫忙的時候立刻出現。

或許你不是一個很會表達情感的人，可是我知道，你很愛我，而且，我也是被你需要的。

我想和妳
黏在一起

棉木先生每天晚上不管多累,都會陪我寫文章。但我很嚴格
的,我會要求他只能陪伴、不能和我說話,因為在寫作的時
候,我需要一個絕對安靜的空間,只有在那個狀態裡,我才
能真誠的書寫。

棉木先生躺在床上,嚷嚷著要我把筆電拿到他旁邊工作,我
說不行,我希望他可以好好關燈休息,於是我小小聲地溜出
房門外,坐在沙發上準備開始作業。

沒想到棉木先生睡眼惺忪地走出來,他眯眯眼看著我、靦腆
地笑了一下,我驚訝的問:「你怎麼跑出來了?」他一面說
話一面接近我:「因為我想跟妳黏在一起呀。」

他霸道地躺在我的大腿上說:「妳繼續寫文章,我要躺在這
邊。」明明這麼想睡覺,可是還是不忘要陪著我一起完成工
作,真是辛苦你了,棉木先生。

噢,他現在呼嚕呼嚕的睡著了。噓,不要吵醒他。

謝謝你
深愛這樣的我

你總是陪著我、按照我的步調走路,從來不會催促我哪裡慢了,只是在每一次我要跌倒的時候,攙扶我、鼓勵我繼續前進。

我常常覺得自己遭遇挫敗、常常沒有自信、討厭自己的不完美,可是你卻仍是深愛這樣的我,而且願意溫柔擁抱。

謝謝你讓我學會勇敢,讓我能一次又一次地從谷底裡站起來;謝謝你願意相信我,好幾次我重拾信心都是因為我想讓你知道——你是對的,我不會讓你失望。

希望你會過得

比我更幸福

我常常喜歡問棉木先生:「為什麼會選擇和我在一起?」記得有一次他的答案令我非常不滿意,他說:「大概是上輩子欠妳的吧。」

我不喜歡他用欠這個字,為什麼這輩子相愛是用「還」的。但他堅持說兩個人這輩子會相遇是因為上輩子有所虧欠,所以如果下輩子還要在一起,那麼就必須再多為對方做一些。

如果愛真的是如此,那還是我欠你好了,因為我希望下輩子你可以比我更幸福。

全天下 最幸福的人

今天我開著棉木先生的車去孩子家上課，這是我第一堂正式的鋼琴家教課。心裡當然是興奮的，但更多的是緊張和沉重的心情，以前唸書的時候我沒有自己爭取過當老師的機會，都是學生主動來找我上課，我也沒有拒絕；現在我必須要有學生才有收入，生活告訴我——我需要這份薪水。那個感覺和現在好不一樣。

今天上課的是一個六歲的小女孩，她看起來很喜歡音樂，只是有些調皮，常常分心、喜歡和老師聊天。上一堂六十分鐘的課，我感覺像是過了一個世紀那麼漫長，我回想起小時候我上鋼琴課的模樣，老師在我旁邊的時候，我一句話也不敢說。

上完課開車回家的時候，我聽著車上還沒播完的巴哈協奏曲，竟然有點想哭，我開車開得好快，只想著要趕快回到棉木先生身邊。

回到家的時候，看到棉木先生在廚房忙著出菜，他煮了一鍋咖哩，還炒了高麗菜和洋菇，我馬上抱住了他，終於結束了今天的任務。

棉木先生摸了摸我的頭，笑我沒有吃過苦，我嘴裡嚼著他做的咖哩飯，這次沒有頂嘴了，我終於知道我是全天下最幸福的人了。

抱 一 下 ， 好 嗎

棉木先生今天下班回家的時候，包包還沒放下來就馬上過來
抱住我。

我愣了一下，他很少這樣子的，我一邊抱著一邊問他：「怎
麼了，為什麼要抱抱？」

他輕輕地笑了，然後把我的肩膀揉進他的胸膛，他說：「為
什麼不抱抱？」

陪伴

也許幸福

也許幸福也沒有離我們很遠，他就在我們身邊

那天傍晚，我和棉木先生一起看見夕陽緩緩的落下，窗外蔚藍的海水很快地被染成艷紅色，遠方那幾艘掛滿魚燈的漁船迎向日落正準備出港。

此刻陽台上來了一隻小麻雀，因為背光所以全身黑嘛嘛的，圓滾滾的身軀讓那天的夕陽多了幾分生動。

我和棉木先生吃著最喜歡的蛋煎和清羹米粉，時間就像是靜止了一樣，這一刻的美、這一刻的好，是多麼的簡單、多麼的平凡。

後來棉木先生在沙發上剪片，我看著他的臉，靜靜地望著他獨有的神情、鼻子的線條和嘴巴。

原來幸福沒有離我們很遠，有時候因為太近了，所以我們看不見他就在眼前。

我們
一起努力吧

昨天晚上和編輯開會，每一次掛了電話之後都覺得充滿活力，明明已經很晚了，可是好像還能做點什麼。

我把餐桌上的碗盤收拾乾淨，洗碗洗到一半突然閃過一些句子，於是又跑到書桌前坐下來。最後終於終於把所有事情都忙完了，我悄悄地跑到房間，看看棉木先生睡了沒。

棉木先生像個死屍一樣攤在大床鋪上，我趕緊上去摸摸他、問他還好嗎。他表情凝重地看著我說：「我有憂鬱症……」我著急地問他發生什麼事了，他說：「我有憂鬱症……因為明天要上班。」

原來，棉木先生也會不想上班，也會覺得假期過完的感覺。後來我趴在他身上，開心地說：「那我們一起努力吧！」

擁抱自己的脆弱，
就會變得更強大

昨天棉木先生陪我模擬面試，其中一題是：我的缺點。我說：「我的缺點就是我喜歡獨立作業，我寧願孤獨也不願意跟朋友嬉鬧。」

棉木先生說我總是太誠實的說話，把所有的自己一五一十的交出去，這樣不是一件好事。

後來棉木先生幫我校正了句子，改來改去，改說另外一個缺點，他教我用更好的方式講出我的缺點：「我是一個對自己要求比較高的人，做任何事情都會全力以赴，所以當結果不如預期時，我就會陷入低潮，但我也發現在低潮裡的我反而會有更多的反省，而這也是推進我繼續前進很大的力量。」

呀真是完美，謝謝你陪我一起面對這一切，讓我可以一再的練習和修飾這些句子。

改完句子之後你說，在你眼裡我已經很完美、沒有缺點。我在心裡偷偷笑了出來，你不知道那是因為在你心裡，我是你的寶貝呀。

妳 的 心　 一 定 很 痛 吧

有時候我會突然地哭泣，好像心裡有一些壓力必須這樣釋放，我不知道我在哭什麼，但眼淚就是一直不停地流。

有一次棉木先生眉頭深鎖地看著我的臉，他用很溫柔的聲音跟我說：「很多話憋在心裡、說不出來，妳的心一定很痛吧？」

他和我道歉，他覺得自己一點用處也沒有。

不知道他知不知道，傷心的人不需要安慰，因為光是這樣的眼神和陪伴，就讓我覺得好多了。

陪伴

我

都

在

難過的時候我們就去看海

心情好不起來我陪你去爬山

無論如何

山還在、海還在

我也都在

我陪妳走過陰影，我們一起等待陽光

棉木先生是一個很溫暖的人，他總是默默地陪伴、默默地在背後支持我。

那天我蹲在地上和父親講電話，我哭了一個沙發的衛生紙，身體不自覺的抽動，好像有很多東西要從喉嚨裡出來，但是又一直吞下去。

棉木先生一回家後，看到我狼狽地坐在地上，他馬上過來抱住我，他沒說話，可是我知道他的心疼。明明他也辛苦，可是卻總是讓他照顧我、擔心我、安慰我，我無力地攤在他身上，我向他道歉，道歉一直以來我好像都沒有幫他什麼。

「我陪妳走過陰影，我們一起等待陽光。」棉木先生的擁抱勝過一切千言萬語，我懂他，他更懂我。

「好，我們一起好起來。」棉木先生陪我一起坐在地上，我們安安穩穩地抱在一起。

別 擔 心 ，

我 都 在 這 裡

終於還是要練習一個人騎機車去上班了。

棉木先生很擔心我，問我行不行，我都說可以可以，但其實心裡還是有點恐懼。每次看到一群車子一起走的時候，我就會幻想自己被撞倒的樣子；我為什麼要這樣自己嚇自己，明明什麼也沒有發生。

即使棉木先生已經親自幫我準備好全罩式安全帽，他還是不放心我要自己騎車上班，於是他決定騎著他的機車，跟在我後面陪我到公司，確定我安全抵達後，他才又騎車到他的公司上班。

每一次到路口的時候，我都會轉頭過去看一下棉木先生，他總是給我一個很滿的微笑，好像是在說：別擔心，我都在這裡，妳好棒。

雖然隔著距離聽不見他的聲音，但我知道他一定是這樣說的，所以我才可以勇敢地催油門，可以在每一次前進的時候，忘掉心裡的害怕。

朝 著

　　　　有 你 的 方 向 ，

去 哪 裡 都 是 抵 達

昨天晚上我們開長長的車，我喜歡我們每次在車裡的時光，
你開車的時候我餵你吃飯、我開車的時候你會買珍珠奶茶給
我喝。

開車的路上我們無話不談，雖然在黑暗中沒有看見對方的眼
睛，可是卻感覺靈魂深處有著對彼此深深的理解和溝通，我
喜歡在開車的時候和棉木先生聊天，喜歡不間斷的話題一直
一直下去。

也許對於未來，我們還有很多不確定的東西，有很多的徬
徨、很多的擔心，但我不怕，因為有你在的地方，就是我的
遠方，朝著有你的方向，去哪裡都是抵達。

陪伴

正視它也許很痛苦，

但不去看

就永遠不會好起來

最近棉木先生陪我說了很多話，今天他突然地不開心，我知道他心裡有話，可是他說不出來。我沒有什麼耐心，不像他那樣會哄人開心，我一點也不知道該怎麼讓棉木先生把心事說出來。

後來我們終於好好坐下來談談了，他始終都嘟著嘴巴、皺著眉頭，我想他的心裡一定很不好受吧。我陪著他疏離思緒、看見自己雜亂的心，陪他一起面對問題。話還沒說完，我看棉木先生起身行動、拿起手機打了很多通電話。

後來他終於笑了，再也沒有什麼疙瘩在心裡的事，正視它也許很痛苦，但不去看就永遠不會好起來。

謝謝你，讓我知道我不是一個人

我的全罩式安全帽是棉木先生買來保護我的，他希望我在上班和回家的路上，都能平安。他是對的，他永遠都在保護著我。

出了公司、和同事打完招呼之後，我戴上全罩式安全帽，一路哭著騎車回家。外面沒有人看得見我的眼淚，也沒有人聽得到我的哭聲。

我感覺回家的路上好漫長，我終於知道自己頭上戴的這頂安全帽，不只是棉木先生希望我路上平安，還有他想讓我知道：「回家的路上，我都會保護妳的。」

果然，棉木先生一開門迎接我，我就抱著他放聲大哭，他身上的味道令我好安心，一點也不想放下公事包，一點也不餓不想吃晚餐。光是這樣抱著就很足夠了。

我沒事，只是發現自己有多麼不足，然後多麼希望自己能不給別人添麻煩，多麼希望自己能堅強起來。再讓我抱一會兒，就一下下就好，你知道的我很愛哭，但我也會很努力地走，就讓我在這裡休息一下，好嗎。

別 擔 心 ，

你 可 以 做 你 自 己

今天和同事下班後一起約在咖啡廳聊天，這是第一次這樣應約，我以為我會拒絕然後趕回家煮飯給棉木先生吃。但我傳了訊息跟棉木先生說：「今天我可以和同事約喝咖啡嗎？」

棉木先生一口答應，要我不要擔心他。

原來和同事下班聊天喝咖啡是這種感覺，彼此還是很需要這樣的聯繫吧，我們不是因為工作而願意相聚，而是我喜歡和你說話、想要再和你聊聊工作以外的事，因為我們彼此都是有感情的，所以我們一起聚在這裡。

我喜歡我的同事，喜歡自己有時候會尷尬，但大家並不介意，喜歡大家就算在滑手機也不會彼此不開心，喜歡隨興的聊著公司歷年來的故事……雖然我們並不是很熟悉彼此，但是我看見我們努力的要讓對方知道我們的重視。

很喜歡今天和同事一起吃蛋糕、喝咖啡、聊天，能夠安安靜靜地和大家這樣相聚在一起，我覺得很幸福。

偶爾背叛世界

是需要的

今天早上棉木先生和我說：「今天下午請假吧，我們一起逃跑。」我們說好十二點一起回家。

上班使我不快樂，我每天早上都不開心，公司不是我想去的地方，那裡沒辦法完成我心裡真的想做的事。

回家之後我們擁抱在一起，我們都累了，我感覺偶爾這樣背叛世界是需要的，今天的休息，是為了讓明天的我們可以繼續微笑。

陪伴

任性地再哭一陣子吧

今天天氣悶熱，騎機車回家的時候紅綠燈很長，我感覺衣服裡面都在流汗，好像就快撐不住了，我的心情。

我不斷地在安全帽裡和自己說話，彷彿有個聲音在問我問題，引導我把心事說出來，總是需要這樣自言自語才能讓我感覺好一些。

回到家後，我把包包擱著，我坐在沙發上，心事還是沒有放下來，我的喉嚨是啞的，有太多東西梗在心裡、喉嚨裡吐不出來。

棉木先生回家後，他陪我說話，他說妳可以盡情的哭、說一切妳想講的話；然後我放聲大哭，雖然我知道他一定無法體會我現在的感受，但有他這樣的包容，我感覺自己可以任性地再哭一陣子吧。

有你在的地方，
就有好時光

今年我們又一起跨年了，我們依然沒有到
戶外看煙火，還是這樣平平淡淡地只是窩
在棉被裡，倒數新日子的來臨。

我感覺快樂不是因為新年，無論什麼日
子都好，你就是我的快樂，有你在的地
方，就有好時光。

日子裡永遠都有

光

今天下午兩點，我們拿著貓籠到收容所把貓咪領養回家了。裡面的獸醫說她是從鬼門關前救回來的貓咪，能夠活到現在很不容易。

收容所裡其實有其他更健康的貓咪，可是不知道為什麼我只對她鍾情。

「妳為什麼會想要她？她搖頭晃腦的，不像一般的貓咪那樣……」棉木先生問我。我知道、我知道，可是看到她搖搖晃晃地看這個世界的時候，我感覺我看到小時候的我在加護病房努力活下去的樣子，她是那麼努力地要和大家一樣，平安快樂的活著。

貓咪叫晃晃。

也許向前走的時候搖搖晃晃、跌跌撞撞，但日子裡永遠都有光，我們可以一起勇敢、不用害怕。

我 們 一 起 前 進 ，
有 個 伴 不 孤 單

下禮拜要開營管會議了，我心裡好害怕。感覺被通知的當下，我的細胞都在顫抖，這是脫離學生時期後，第一次在公司的大報告，實在讓人緊張。

「妳不會看的報表都拿回家，我教妳怎麼看、教妳做PPT。」棉木先生說。他一回家就打開電腦，開始幫我看資料、整理成數據圖，他這麼忙，可是我卻累了。我汪著臉問他能不能明天再做，我的心裡感覺很抱歉，我一點也不想看這些數字，雖然我知道我很幸福，有你這樣手把手的教我。

棉木先生很晚才到床上睡覺，他知道我在賭氣，也許他也不高興吧。他過來抱住我說：「妳不會沒關係，我陪妳一起面對，我先幫妳做，妳就不會壓力很大了。」你總是這樣對我好，允許我任性，所以我才這樣處處依靠你。

我決定了，今天我們一起前進，有個伴至少不孤單。

即使滿身是傷，
仍要用力擁抱

我帶著破碎的靈魂走向你

你拾起了我的碎片

將它拼湊得完整

即使滿身是傷，仍要用力擁抱

喜歡你的人很多，
真正懂你的卻很少

昨天晚上我做了一個夢，我夢見我發燒了，大家都用害怕的眼神看著我，彷彿我是個怪物。我也好恐懼，為什麼我會發燒，好想丟掉這個身體，好想逃開所有的一切。

棉木先生英雄般出現在我的夢裡，他開著車帶我逃離現場，我們一起走過好多顛簸的路。

現實生活中，棉木先生也是那個解救我的人，帶我抽離情緒、給我安全感、保護我不讓我受傷。

雖然知道這是夢，但醒來仍是心有餘悸，我緊緊地抱著他。

「謝謝你昨天晚上來我的夢裡救我。」

「呵，不客氣。」

孤單

家

我走了好長的路

前方如果沒有你

我好像就永遠到不了家

一百種日子裡，
有你的最好

那天躺在床上和棉木先生通電話，我們除了六日以外，幾乎
都黏在一起。突然很想念這樣遠距離、只聽得見對方聲音的
時光。

「你覺得遠距離好、還是近距離好？」

「我覺得有妳最好。」

「最好是～」

「最好是妳！」

孤單

我們如此親密，
卻也如此

遙遠

那天和棉木先生坐在沙發上，他抱著我，我們聊得好開心。
突然我定眼看著他，看得入迷，我請他先不要動，棉木先生
也慎重地收起了笑容，安安靜靜地看著我。

有時候我們會這樣子望著對方。他問我在看什麼，我說：
「我仕看我為什麼喜歡你。」

我是真的想問，眼前的這個男人為什麼讓我著迷，為什麼我
總覺得對你很陌生，因為從來都沒有真正認識，所以一直愛
上那樣神秘的你。對嗎。

不知道你聽不聽得懂我在說什麼，我們如此親密，卻也如此
遙遠，好像你的靈魂本體是那麼神聖而不可觸碰的，多希望
沒有肉身的外在形式，能直接地與你會面。

我想看見你、想觸碰你，那個最核心最核心的地方。

任何時候的你，
都令我
非常著迷

自從畢業之後，我就漸漸地搬到棉木先生的城市居住，一開始一個禮拜有兩天、三天，到現在一週有五天的時間，我們都住在一起。

雖然是住在一起了，可是因為工作的關係，我們總覺得相處時間好少，這種感覺跟以前遠距離時候的約會好不一樣，那時候我們都是一個人在自己的城市裡打拼，一週最期待的就是週末可以見到對方。

現在和棉木先生的生活，不像以前有情侶戀愛的感覺，更多的是像家人那樣平凡簡單的日常，好像我們的愛情漸漸的走到了另外一個階段了，不知道你喜不喜歡這樣的變化。

如果我從女孩走到女人，然後當媽媽了、當奶奶了……你還會像現在那樣疼我嗎。

從十七歲認識你到現在，我好不想長大，好希望我的任何樣子都是你喜歡的，因為任何時候的你，都仍然令我非常著迷。

妳 站 在 原 地 就 好 ，

讓 我 去 找 妳

傷心的時候我習慣躲得遠遠地，明明想要被安慰、明明需要
被好好擁抱，卻還是背對著所有人掉眼淚，然後希望他能夠
很聰明的找到自己。

那天我離開他，拚了命地往前奔跑，在一個沒有路名的地方
停下，那是第一次感覺那麼孤單，沒有眼淚，連害怕都失去
了。

直到手裡的電話響起，我聽見黑暗中有一個聲音告訴我，
「妳站在原地就好，讓我去找妳。」

可 是 我 害 怕

「我也想做我自己啊，可是我害怕被討厭。」我們終於好好
地坐下來說話，我終於說出了我最不敢面對的問題——人際
關係。

從小我好像就不太懂得交朋友，總是進不了班級裡最活躍的
那一群團體，有時候還是自己孤立自己的那一個。長大之後
才發現原來我一點也沒變，我沒有因為變成大人而變得活潑
開朗，反而好像更內向了。

我知道我不是一個害羞的人，至少我在熟悉的關係裡我可以
很搞笑、很幽默，可以很大聲的笑出來、可以說沒有營養的
笑話。只是出了社會之後，我好像越來越找不到這樣「做自
己」的機會了。

今天早上吃完早餐後，我和棉木先生聊到我的人際關係，我
說我總覺得離人群很遙遠，無論去到哪裡都是一樣。

被討厭啊

棉木先生笑著說：「那很好啊，妳覺得不好嗎？」我不假思索地說：「我覺得有點孤單。」我沒想到我會這樣說，沒想到原來我是這樣想的。

我其實嘗試過要與團體要好，嘗試讓自己融入大家的話題，然後開心地笑，可是就是覺得那不是我。我一方面害怕被討厭，一方面又假裝合群，我不知道該怎麼做會比較讓自己覺得舒服，我不想要孤單，我想要被理解，可是我找不到那樣與人傾訴的機會。

棉木先生篤定地對我說：「妳做好妳自己，就不會被討厭。」突然覺得，是啊，我們為什麼一定要被喜歡呢？我想我應該知道該怎麼做了，謝謝你，棉木先生。

昨天洗完衣服後，我到廚房準備棉木先生隔天的午餐，手裡拿著手機一面寫三篇文章。水滾了，我把火關小走到房間，我問棉木先生：「花椰菜要幫你和米飯放在一起嗎？」棉木先生看到我的忙碌，不知道是不是因為心疼，他把我拉進他的懷裡，不斷地向我道謝。

我沒有任何心理準備他會這樣對我，突然地我摀著臉哭了起來。「其實我好累，我好累你知道嗎？」那一刻我只是想哭，沒有期待得到安慰或理解。

我不想讓你擔心，不想讓你覺得我很脆弱，很多壓力我以為自己可以扛得起來，不用讓你知道，可是當你對我說謝謝的時候，心裡有些東西卻都釋放了。

謝謝你跟我道謝，謝謝你知道幸福從來都不容易。

這些年因為有你的體貼，我感覺自己也變得更勇敢了一點。希望在你眼裡，我還是像十七歲認識你的時候一樣單純美麗。

那一刻
我只是想哭，
沒有期待
得到安慰或理解

孤單的時候，
別忘了還有我在

昨天晚上我們一起吃晚餐，收拾完家裡後，棉木先生開車帶
我回家。一路上都沒看見他的笑容，我把手放在他的大腿
上，問他是不是心情不太好。

「妳要離開了，我心情不好。」棉木先生說。

我好開心看他這樣表現出來，平常這樣思念的角色從來不會
落在他身上，他總是當哄我的那一個，都是我在哭哭啼啼的
討安慰。謝謝你想念我，我也不想和你分開。

晚上睡前，突然我也變得很思念他，棉木先生馬上打了電話
給我，我們傻笑了好久，好像很久沒有這樣講電話了，聽到
對方的聲音還是感覺新鮮。

孤單的時候，別忘了還有我在，一通電話我就來了。

每個人都在自己的孤島上，

努力著

我提離職了，我沒有不喜歡工作，也沒有不愛錢，只是覺得我一直在奔跑，跑到不知道自己要去哪裡了。

離職需要下定決心，需要放下很多東西，需要面對很多人的眼光。我害怕極了，可是我還是必須守護我的靈魂，不可以讓他受傷。

雖然在公司完成任務也給我很多的成就感，但我心裡知道我這輩子最重要的任務不在那裡，我需要走在只有我能走的路上才會快樂。

這陣子每天都在跟棉木先生溝通這件事，他陪著我哭，陪著我做五年的計畫，他一面安慰我一面幫我擋住外面的風，他是最辛苦的人。

這段時間，我實在不知道該怎麼面對人群，不知道該怎麼向身邊的人交代自己的近況，我感覺每個人都在自己的孤島上努力著，也許只要問心無愧、繼續努力就好，對嗎。

你的晚安，
是一天裡最好聽的話。

CHAPTER 2

謝謝你和我在一起

謝謝你跟我說晚安，
一天的最後能聽見你的聲音真是奢侈。
你趕快睡，
晚安是你，
明天的早安也要是你。

妳 只 要

陪 著 我 就 好

那天到棉木先生的家裡作客，棉木先生的父母準備了豐盛的
晚餐給我們，吃飽飯的時候，我幫忙收拾碗筷和廚餘，棉木
先生在廚房洗碗，棉木先生的父母都還在客廳休息著，我走
到廚房湊到棉木先生旁邊，想和他一起幫忙。

「妳去休息，我來就好。」

「拜託你讓我洗碗，不然我在那裡很尷尬耶。」

「不然妳在旁邊幫我！」

「好啊，那我要做什麼？」

「妳裝忙，在旁邊陪我就好。」

剪刀石頭布,
輸了贏了都給你

你總是把最好的留給最愛的人

捨不得吃的都捨得讓給別人

你說看到別人快樂你也會很開心

你是我心愛的人

所以我也想把最好吃的留給你

剪刀石頭布

輸了贏了都給你

你是我生活裡的

快樂

我有一些小習慣，像是購物車的東西不用結帳就很快樂、最喜歡的食物總是留在最後吃、收在衣櫃的衣服必須按照順序穿……。

那天不小心被棉木先生看到我手機裡的購物車，他知道我一定捨不得花錢，於是他很貼心地隔了一天才提起這件事，他說：「我幫妳把購物車裡的東西結帳吧。」

我開心地跟他說不用了，有你這麼問，已經比結帳還要更開心了。我忘了我還有另一個小習慣──只要接收到心意，任何物質的東西我都可以不要了。

別害怕，
我永遠都會
接住妳

終於鼓起勇氣陪棉木先生來遊樂園，玩他期待已久的大怒神。上升的時候，我把腦袋裡想的到的佛號都唸了一遍；下墜的時候，我幾乎要哭出來，那種失速、無限下墜、無底的感覺令我害怕，雖然說整個下墜的過程大概兩秒鐘，我卻感覺經歷了無限輪迴的時間。

結束之後，我們還停留在椅背上，坐在旁邊的棉木先生笑著問我還好嗎，我說：「就在那個下墜的瞬間，我感覺這個世界上有好多人都好痛苦……」我想說的是那種無限深淵的悲傷，人只能看著、經歷著，無論做什麼也無法彌補的悲痛。

人好自虐，明明知道自己會害怕，卻還是堅決向前挑戰；或許是因為能夠戰勝自己的害怕，是一件最了不起的事。

晚上睡覺前，我跟棉木先生說床這麼高，跌下去怎麼辦，棉木先生過來抱住我說：「別害怕，我永遠都會在妳下墜時接住妳。」呵，如此諂媚的一句話，就像今天我害怕的時候，他把手交給我一樣。

只是想問妳

過得好不好

「對不起，我明天可能沒有時間整理家裡。」我有氣無力的對棉木先生說。我們很難得到新家住，我總想著要把這裡佈置得更溫馨一些，但是這幾天我一點整理的心情都沒有，只是一直忙著寫論文。

「妳不要煩惱家裡的事，家事我來做就好，妳專心忙妳的。」棉木先生一邊擦桌子一邊說。

隔天早上起床，他去上班了，一個小時後我才從床上爬起來，準備要坐在餐桌前寫論文的時候，才發現昨天桌子上的雜物被收拾好了，水也煮好了，午餐的食物也在冰箱幫我準備好了。他總是擔心我吃不飽、穿不暖，時時刻刻在細節裡照顧著我的生活。

他下班回家之前，打了電話問我今天過得好不好。「我好需要你，你快回來。」我哭了，熬了一天總算能聽到他的聲音。

「沒事了，我馬上就到家了，我帶妳去吃好吃的。」棉木先生說。

貼心

不客氣，
我也謝謝你

最近都是棉木先生煮飯給我吃，他常常變換他的菜色，不像我只會煮咖哩和韓式部隊鍋。

吃飯的時候，我們聊了好多彼此的事，還有以前的事，感覺能夠這樣和你坐在對面一起吃飯，已經很不容易。

最近我都會幫棉木先生洗碗，以前他總是搶著做家事，叫我去寫文章就好。今天我主動收拾餐桌、主動洗碗，我讓棉木先生安心地在沙發上用手機連線開會。

突然，他叫住我，輕聲地說：「謝謝妳，辛苦妳了！」

我的心裡抽了一下，這樣簡單、真心的一句話，居然可以馬上被心接收到。我望著他的臉，用大大的笑容回應他：「不客氣，我也謝謝你。」

月亮

是很善良的

今天晚上和棉木先生散步的時候，他突然對天空揮揮手，我問他怎麼了，他說：「我在跟雲打招呼啊。」後來雲漸漸散去，月亮探出頭來，我問他敢不敢用手指月亮。

他馬上指著天上的月亮給我看，我著急的撥開他的手，對天上說：「他是無心的，不要懲罰他。」然後我轉頭問棉木先生：「你不怕被割耳朵嗎？」

棉木先生笑著對我說：「月亮很善良的，他才不會割人家耳朵。」

我怕我不在，
妳就不會照顧自己了

今天月經第二天，棉木先生一大早就幫我熱紅豆湯。無疑地，他是個先知，在某一天晚上我打開冰箱的時候，我就發現這碗紅豆湯了，那是他從全聯買回來的。當時我跟他說：「我的月經又還沒來，你為什麼買紅豆湯？」

他說：「妳月經就快來了，我怕到時候我不在妳身邊，所以先幫妳準備起來了。」

今天早上我還在賴床的時候，棉木先生已經煮好了
熱湯放在桌上，他是一個做得比說得多的人，或許
甜言蜜語那些的他並不在行，可是他所有的愛都表
現在每一個行為裡面，喝下那碗湯的時候，我知道
他每一個細胞都深愛著那個喝湯的人。

記得有一次陪棉木先生去剪頭髮，我在旁邊安靜地自己看書，突然理髮師過來跟我說話：「小姐，這邊請。」她幫我按摩，還把我的頭洗好了。

後來我才知道，原來當時棉木先生跟她說：「請幫那個女孩洗頭，謝謝。」

所以，後來每一次棉木先生說要去剪頭髮的時候，我都會跟著去，然後回家的時候，我的頭髮已經洗好香香的了。

貼心

我要去

你去的地方

走，

我 們 明 天 約 會 去

最近好久沒有見到棉木先生了，平日他忙工作，回家之後我們也鮮少聯絡，不像從前熱戀期那樣常常掛著手機。

今天訊息裡我問他：「星期六的工作取消了，我們還見面嗎？」他說：「當然，我去找妳。我想要和妳一起拍片、還有剪片。」我就知道他還想著工作，於是我回他：「那……我們還是星期一見吧。」

隔了幾秒鐘的時間，棉木先生傳來訊息，他總算聽明白我的意思，這是世界上最好聽的答案：「走，我們明天約會去。」

吵架

眼
淚

是
我
的
一
部
分

有一次我坐在地板上哭，棉木先生也盤坐在一旁陪著我。他
拿衛生紙接住我的眼淚，我馬上撥開他的手。

「為什麼妳不喜歡拿衛生紙擦眼淚？」

「因為眼淚不應該被丟掉。它應該被皮膚吸收，它屬於我
的一部分。」

對不起，
我沒有把自己照顧好

吵
架

「妳最近心情很不好對不對？」棉木先生說這句話的時候伸
過來牽住我的手，我依舊把頭撇向別處。

生氣的時候，我的聲音很尖銳，有時候我會大叫，有時候我
會想哭。

棉木先生面目猙獰的大聲說話：「妳會痛，我也會痛啊！」
他說話的時候好像在哭，那是他第一次這麼認真的回應我的
脾氣。

是啊，我心情不好，是很不好的那種不好。我沒有告訴他這
些，只是一直在找他吵架，很想要把心裡的話都吼出來，我
其實也不知道他到底哪裡錯了，是我不好，我心情不好。

對不起，這段時間我沒有把自己照顧好，讓你也受傷了，我
真的很對不起。

我好難過，
妳把我推開

「你不要跟我說話了，掰掰。」以前我常常掛他的電話，只要生氣我就不想聽到他的聲音，明明希望能再接到他的電話，但是自尊心卻要我一直拒絕他。

有一次從電話裡傳出他嗚嗚的聲音，那句話到現在我還記得，聽得我心發寒，他說：「我好難過，妳把我推開。」

明明我那麼愛他、明明擁抱彼此是那麼簡單的事，我卻總是用激烈的方式要對方聽見。

自尊心有那麼重要嗎，妳寧願將對方割傷，也不願意放下自己嗎。

吵架

你所有的樣子

都是我喜歡的樣子

棉木先生生氣的時候不會說話

棉木先生生氣的時候會嘟嘴巴

棉木先生生氣的時候太可愛了

我跟他說你不要生氣

但他還是不跟我說話

後來我也不跟他說話

他就過來抱住我了

明明希望能夠被找到，
卻還是認真地
　　　把自己藏在一個

隱密的地方

難過的時候，我習慣躲起來，明明希望能夠被找到，卻還是認真地把自己藏在一個隱密的地方。

棉木先生總是輕而易舉地找到我，好像是在我身上裝了雷達一樣，任何消息都會回到他身上，他永遠都有辦法掌握我的行蹤。

「如果我躲起來了，你會找到我嗎？」每一次的躲藏，都在心裡問了這句話。

我不是想要把你推開，只是希望你能再一次把我找回來。

人總是

站在自己的角度看，

所以永遠都看不見

他對你的用心

有一次和棉木先生一起吃晚餐，他拿起手機看訊息，是他收到一個台中共享機車的租車資訊，我在一旁看他忘我的開始下載app、註冊帳號，心裡很不是滋味。

我不高興他在吃飯的時候沒有專心，即使他結束了手邊的作業，我也完全不想跟他說話。

後來他才說：「我想要幫助妳考駕照，我怕我的機車太重妳不會掌握，如果有輕型的機車，我就可以帶妳去練習。」後來他真的帶我用這個機車練習，我也真的如願在畢業前考到了機車駕照。

時常啊，人都站在自己的立場看事情，覺得誰誰誰對我不好、誰誰誰不懂我……也許他在你看不到的那一面，一直在為你付出啊。

人總是站在自己的角度看，所以永遠都看不見他對你的用心。

這輩子只要
好好擁抱彼此，
就夠了

有時候我對棉木先生很兇，我不是故意的，對不起。

人常常忘記身邊的人對你的好、常常忘記他是你這輩子最愛
的人、常常忘記這一切已經得來不易。

我說話的口氣在忙碌的時候會變得很急躁，好像心裡的不安
全世界都聽到了，整個空氣也都變得緊張。棉木先生以前是
不會糾正我的，他願意為我做任何事、願意聽我發牢騷、願
意承受一切別人無法忍受的。

那天，我坐在沙發上自己生氣，他緩緩地走過來我身邊，在
我旁邊坐了下來，他說：「妳知道嗎，妳這樣說話的時候，
我其實會受傷……」他很少會這麼說話，我知道我是真的刺
傷他了，我是多麼不應該，怎麼能讓他對我如此失望。

最近我們一起在家裡工作、一起泡咖啡、一起吃飯、一起吃
宵夜、一起睡覺……因為我們的生活緊緊的扣在一起，所以

吵
架

我的壞脾氣無所遁形，你看見我最美的樣子、也知道我最壞
的樣子，但你還是沒有離開，只是那麼輕地告訴我：「我受
傷了。」

對不起，雖然你早就沒有生氣了，你也從來不會把生氣放在
心上，但我還是要跟你說：傷害你是我的不對，我這輩子都
不應該欺負你。我不應該讓你受傷，我也想要保護你。

希望我們能一起健康、一起平安，這輩子只要好好擁抱彼
此，就夠了。

「我沒事。」

希望是真的沒事

現在是下午的一點零三分,我在書桌前打開電腦準備寫論文的第四章。

最近生活發生了好多事,有一些委屈、有一些心裡的不平,好多話都來不及跟你說,天卻已經黑了。

有時候覺得好生氣,為什麼你離我這麼遠,我需要你的時候你都不在,雖然你總是願意傾聽,但有太多情緒是文字放不下的,我需要你手的溫度、需要你看著我的眼神。

我沒事,只是你不在,我又想你了。

長
大
恐
懼
症

棉木先生常常鼓勵我很多事情可以自己完成、不要限制自己的能力、妳可以做得比想像中更好。

每次聽到他說「妳已經長大了」，我就會覺得很難過。

我當然知道我長大了，也當然知道我必須獨當一面自己去處理、面對事情，但可不可以不要一直提醒我：「妳已經長大了」，好像在你眼裡，我永遠都只是一個小孩子。

只要把心
打開
就可以了

遠距離之後的我們，越來越少講話、越來越常吵架，有時候
不知道該怎麼把一天的心得濃縮在一通電話裡，有時候一點
都不想要聽到他的聲音，因為我需要的是見面，是可以觸碰
到你的「見面」。

「我覺得妳最近不一樣了。」

「我覺得『我們』不一樣了。」

棉木先生說我跟以前不一樣了，我覺得是「我們」不一樣
了。我問他我哪裡不一樣了，他說：「妳長大了，現在有主
見、有自己的意思，說話的時候很有自信。」

騙人……我不相信你真的這麼想。

是真的，我真的是這麼想的，他說。

在他眼裡，我永遠都是那麼好，可是我卻總覺得他不愛我。

「妳只要把心打開就可以了。」棉木先生說。他說溝通不是
為了要交換彼此什麼，它沒有這麼難，只要把心打開就可以
了。

我 還 沒 有 準 備 好

　　　要 面 對 自 己

你不要過來，你不要說話。

你說的話我都不想聽，對不起，我還沒有準備好
要面對自己，我現在說話很傷人，電話我掛了。

沒 事 ， 我 陪 妳 呢

棉木先生拉了一張椅子坐在我旁邊，我坐在沙發上眼睛直直地看向另一邊，一點都不想瞥到他的臉。

我生氣他總是不懂得來問我發生什麼事，他一直是屬於默默陪伴、很願意低頭認錯的人，但我需要的是「溝通」，我需要有人可以和我一來一往的說話，即使大聲吵架都會比沉默還要讓我覺得舒服一些。

我掛著兩行眼淚，問他：「你知不知道我在生氣什麼？」那時候半夜三點，夜晚的鳥已經不叫了，空氣安靜地只剩下我們兩個的聲音。那天晚上，棉木先生和我說了很多的心裡話，很難得他會這麼認真地看著我的眼睛，總覺得一直是我仰慕他、順著他的話走，我都不覺得他有把我看在眼裡，好像對他來說我的存在是家人，而不是情人。

其實生氣的內容都是一些無關緊要的事，我只是想要你過來抱抱我，想要你安靜地聽我說話，想要你專心地看著我的眼睛，想要聽到你說你很愛我，僅此而已。

吵架

對不起，
讓你覺得
孤單

昨天晚上我和棉木先生吵架了。他說他很生氣、很難過，但是一滴眼淚也沒有，只是靜靜地陪著我、看著我的眼淚。我堅持要坐在冷冷的地上哭泣，衣服都濕了，袖子都是我的鼻涕，偶爾棉木先生會拿衛生紙幫我擦眼淚。

我是最後才道歉的。「對不起，是我沒有顧慮你的感受，是我今天心情不好。」我終於鼓起勇氣抱住他，也讓他緊緊地擁著我，我不想再因為面子而推開他，我願意對你承認自己的錯誤，是我不好。

我們在適應這樣的新生活，適應我的上班，還有下班後忙碌的日常。這幾天，我們沒有很多的時間可以好好說話，時常會不小心忽略了對方為自己的付出，有時候需要的只是一個眼神、一句謝謝、一顆感恩的心。

對不起，讓你覺得孤單，我知道無聲的眼淚，是你心中最痛的嘶吼，即使你說得很少，但我知道有些東西在你心裡崩潰和瓦解。

謝謝你接受我的道歉，願意讓擁抱，修補兩個人破碎的心。

三個

字

棉木先生常常幫我做很多事，他說小事交給他，我只要負責
大事和做決策就好。

昨天我把文章和字寫好了，請棉木先生幫我po文，他一個
不小心，把我的文章刪掉了，乾乾淨淨的。

我好生氣好難過，他甚至還沒看見，那些文字已經消失在這
個世界上了。棉木先生一直和我道歉，他說他不是故意的。
我當然知道你不是故意的，但是我好難過。

最後我決定原諒他，於是我跟他說：「你再跟我說一次那三
個字，我就原諒你。」

棉木先生一把抱住我的身體說：「我愛妳。」

吵架

我 難 過 的 是

我 不 是 那 個

你 想 分 享 快 樂 的 人

「你怎麼可以背叛我，你知道這有多傷人嗎？」我在車裡大
哭、尖叫。儘管他向我道歉，說了很多安慰我的話，那些都
進不去我的耳朵裡。

棉木先生覺得這是一件小事，他只是先看了第一集《魷魚
遊戲》，我就發那麼大的脾氣，好像我真的很想看《魷魚遊
戲》一樣。

只是很難過，你有你自己的開心，你的開心裡面可以沒有
我。

我的眼淚是為你而流，可是你的微笑卻不是因為有我，我一
點也不在乎是哪一齣戲，我難過的是我不是那個你想分享快
樂的人。

我會一直無條件的
喜歡妳下去

「你幹嘛跟蹤我？走開。」我在家裡附近的超商坐下,打開包包裡帶的書,那時候晚上十二點,我們正在吵架。

棉木先生惹人生氣的時候,都不懂得哄女生。他總是這樣安安靜靜地看著我不說話,我也不想跟他說話。

「你不用在這裡陪我,我就是想要一個人不想回家。」我把書闔上,瞪著大眼睛對他說。

棉木先生也看著我的眼睛對我說話:「好,我陪妳。保護妳是我的責任,與妳無關。」他說我不可以限制他的自由。

「我會一直無條件的喜歡妳下去。」我拿他沒辦法,最後我們還是一起手牽手回家了。

吵架

我可以繼續

喜歡妳嗎？

「我要跟你分手。」我知道我不該這麼說，可是我好生氣。
下一秒棉木先生說：「我考慮一下……。」

我憋著氣，大概三秒後，終於等到他嚴肅地抬起頭告訴我：
「我考慮好了，我不答應。」聽完他口裡吐完每一個字，我
才鬆了一口氣，我說好。

棉木先生接著說：「我知道我錯了，但是我不想跟妳道
歉。」我知道，我也不想跟你道歉。

「那我可以繼續喜歡妳嗎？」棉木先生說。

生命那麼短，
我們不要拿來吵架

明明難得見面，可是昨天一相見我們卻都不開心。

棉木先生說他心裡不高興，我也是。看他這樣每一次都不說話，我最討厭他這樣了，於是我也跟著生氣起來，我也跟著不說話了；就算他主動求和，我也不想理他。

我看著我的情緒，覺得莫名其妙，為什麼我會這樣生氣，心裡某一處有一個答案是：「因為他惹我生氣啊。」

是啊，我們總是覺得自己的情緒是別人造成的，都是別人的錯。那一刻我才發現自己的生氣竟然與別人無關，生氣一直都是自己的事啊，怎麼會把自己的情緒怪罪在別人身上呢。

吵
架

既然是自己的生氣，那我一定有辦法安撫我自己。

但是安撫自己是一項好難的功課，我感覺自己的心就像是路邊的野狗一樣，一碰到就吼得沒完沒了。原來我並不了解我自己，原來長期怪罪別人會讓我無法學會照顧自己的心。

晚上睡覺的時候，我主動鑽進棉木先生的被窩裡，他親了我一下臉頰，我湊過去吻了他的嘴巴，生命那麼短，我們不要拿來吵架。

因為心裡有傷，

任何的觸碰都覺得刺痛。

因 為 心 裡 有 傷 ，

　　任 何 的 觸 碰 都 覺 得 刺 痛

最近我們常常因為一些小事爭吵，電話裡的你很難過，我也
覺得不開心。可是你比誰都有耐心要和我溝通，你說你想把
話說清楚，只是我一點也不想聽。

「我沒有要傷害妳的意思，是因為妳的心裡有傷，任何的
觸碰都覺得刺痛。」棉木先生這樣說，就算我掛了他一百次
電話，他還是要把這句話告訴我——我沒有要傷害妳的意
思。

我知道他是對的，我的心裡有傷，即便是你的溫柔擁抱，我
也仍然疼痛得無法承受。

有 你 在 的 地 方
就 有　家

吵架的時候，我最常說的一句話就是：「我要回家！」我要
回家，再也不要跟你住在一起了。

我和棉木先生有一個默契，雖然我們都知道對方在說什麼，
但為了讓彼此有一個台階，我們都不會去戳破它。棉木先生
會這樣說：「走，我帶妳回家。」

棉木先生沒有帶我回娘家，他帶我回的是我們兩個人的家，
雖然如此，但慢慢回家的路上，氣就消了。

生氣的時候，我們就一起回家吧。

甜
蜜

親親可以嗎

「誰下了班回家，誰就先做飯。」雖然這麼說，但通常還是棉木先生煮飯給我吃。他總是體諒我上班一整天很辛苦，可是明明他比我更累、用腦更多。

吃完飯後，他馬上就到廚房收拾乾淨，我想衝過去幫忙，他用力地阻止我，要我別進廚房，他說整理廚房這件事他來就好，棉木先生說：「妳幫我把桌上清一清、清乾淨就好。」

聽到這話，我便不客氣了，我跑到棉木先生旁邊，親了他好幾下臉頰，然後問他：「這樣親一親可以嗎？」

最好聽的話 是一天裡 你的晚安，

那天到棉木先生的家住了一宿，棉木媽說我可以睡他房間，棉木先生和弟弟睡客房。

我其實想和棉木先生一起睡，可是我還是很開心地去二樓，因為這是棉木先生的床，是以前我從來沒躺過的。

和棉木先生道晚安後，我一個人走到房間，因為還睡不著所以坐在床上看手機。突然，我聽到有人悄悄地開了房間的門，是棉木先生。

他身上香香的沐浴乳味道，跟我的一樣。

他說他只是來討一個吻，還有跟我說聲晚安。我聞到他剛刷完牙的味道，他臉頰的皮膚還是嫩嫩的粉紅色。謝謝你來找我，我終於能安心的睡了。

晚安，棉木先生，明天我再去找你玩。

妳 明 天 可 以
叫 我 起 床 嗎

剛和棉木先生交往的時候，我們很喜歡掛著電話不講話，大概是因為害羞吧，光是聽到對方空氣的聲音，就覺得很滿足了。

每次睡前都捨不得把三小時的電話掛掉，好像兩個人都在期待刷新紀錄，就像一百天、兩百天需要被好好慶祝一樣。

有一天晚上，我撒嬌地跟他說我還學不會掛電話，那通電話很長很長，長到我的眼睛已經悄悄地闔上，就在我睡著之前，我聽見從電話那頭傳來一個聲音，是棉木先生很小聲地說：「那……妳明天可以叫我起床？」

「當然好。」我精神抖擻地說。

現 在
可 以 親 你 了 嗎

第一次牽手是在湖畔池邊

第一次接吻是在書店外面

每一次你都紳士地問

「可以牽妳的手嗎?」

「可以親妳了嗎?」

我不好意思說可以

但也沒有真的拒絕

交往之後

我喜歡當主動的那一方

尤其喜歡在你睡覺的時候

湊過去吻遍你全身上下

最怕你突然醒過來

把身上的口水擦掉

唸我沒有做正事

只是一直親一直親

果然你醒了

打亂了我剛剛的節奏

劈哩啪啦被你訓了一頓

我不高興的嘟著嘴巴問

「那我現在可以親你了嗎？」

今天下班回家之後，我打了電話給棉木先生，心想今天難得他下班沒有打給我。

「你下班了嗎？」我問。

棉木先生說因為今天比較晚到公司，所以他也讓自己比較晚下班。我小聲地問棉木先生旁邊還有沒有同事，他說大家都下班了，只剩下他一個人。

我開玩笑地說：「那你也趕快下班啦，反正又沒有人看到。」棉木先生堅持說不行，於是我問他：「那我可以跟你講電話嗎？」

他說：「可以，但只給妳一分鐘。」

我急忙地說：「我愛你，還有、還有我很喜歡你喔，掰掰。」

棉木先生害羞地說：「一分鐘還沒到。」

遇見你，
我的世界都變可愛了

晚安是你，
明天的早安也要是你

最近睡前我們會輕聲地講電話，很小聲、很溫柔，因為害怕打擾彼此進入夢鄉的機會，於是把自己的聲音放得很低，完全不在意電話那頭的他是不是睡著了。

謝謝你跟我說晚安，一天的最後能聽見你的聲音真是奢侈。

你趕快睡，晚安是你，明天的早安也要是你。

甜蜜

我
喜
歡
你

我喜歡你圓圓亮亮的眼睛

我喜歡你QQ嫩嫩的臉頰

我喜歡看你認真的樣子

我喜歡偷偷聽你講電話

我喜歡看你吃醋的表情

我喜歡你甜蜜的小動作

我喜歡和你在半夜聊天

我喜歡你只對我鍾情

你曾經是
我放在心底的
秘密

曾經我的日記裡都是你的名字，曾經在一個人孤單的時候哭
喊著你，曾經以為我們永遠都只會是朋友關係，多麼希望這
份愛你會知道，它不是秘密啊，它是一件很幸福的事——我
喜歡你。

十七歲那年，我向棉木先生第一次告白，我被他拒絕了，他
說他沒有喜歡我，因為心裡還住著另外一個女生。

雖然後來他總是說，那是因為他當時不想談戀愛才這麼對我
說。記得那時候我好像也沒有特別說什麼，因為我知道愛不
能勉強，只是心裡好難過，為什麼那個「她」不是我。

第二次告白，是在一通電話裡，我仍然是鼓足了勇氣才說的。

我害怕被拒絕嗎，其實我根本沒想這麼多，拒絕就拒絕呀，這並不影響我喜歡你這件事，我愛你是一件很幸福的事，我只是想告訴你，這樣而已。

後來也就是因為這通電話，我們在一起了。

身邊朋友知道我們是女追男的劇情都紛紛覺得驚訝不已，說這樣子叫做倒追。「為什麼有勇氣告白？」、「為什麼不等男生追妳？」我也不知道耶，我只是把愛說出來，我覺得能夠坦誠自己的心意很棒，為什麼要分男女呢。

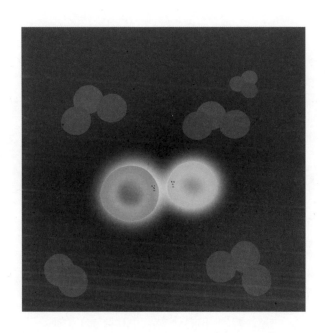

謝 謝 妳 追 我

今天跟棉木先生到一家異國餐廳吃飯，裡面的燈光昏暗，只有幾處有微弱的橘黃色光。

「這裡好像夜店喔……」我很興奮的湊到棉木先生的耳邊說。

雖然我們都沒有去過夜店，但我想夜店大概就像這樣吧，有這樣的沙發座椅，一點點擁擠，只是這裡的音樂比較浪漫。

「如果我們在夜店認識，你會來搭訕我嗎？」我問他。他說他不會去夜店，他也不會主動搭訕女生。

好吧，我說不過他。不過後來吃飯的時候，他陪我演夜店相遇的橋段，彷彿是在彌補他沒有主動追求我的這件事。

「如果我沒有追你，你不就都交不到女朋友？」我用懷疑的眼神對著他說。

我以為他會說我會追妳類似的話。沒想到他靠在我的肩膀上，很真誠的對我說：「所以，謝謝妳追我。」

一輩子
愛一個人
就夠了

今天和棉木先生一起吃晚餐，我煮了韓式拌飯給他吃，米煮
得太乾太硬了，但是棉木先生還是露出幸福的表情說好吃。

最近來到他的城市裡找工作了，我們沒有刻意計劃未來的生
活，但很自然地在每一次的規劃裡都會納入彼此的存在，不
知不覺兩人就一直走在一起了。

我們的餐桌旁有一面很大的鏡子，他看著鏡中的我們說：
「我們要結婚嗎？結婚感覺就老了。」聽到這話我突然也好
有感觸，從十七歲認識他到現在九年了，我們的感情一直都
沒有變，即使結婚了，我想大概也就像現在這樣的生活吧。

「如果每天住在一起，你會不會把我看膩？」我皺著眉頭認
真地對棉木先生提出質疑。

棉木先生把我藏在被子裡，他從背後抱著我說：「我才不
會，是妳看膩我了對不對呀。」

他逗著我笑得好開心，我也終於笑了。

甜
蜜

回 到 熱 戀 時 候
會 害 羞 的 樣 子

今天棉木先生開車帶我上山，早上他在電話裡提醒我山上很
冷，要我多帶件外套出門。

我從衣櫥裡拿出冬天的毛衣和毛褲，啊，又要換季了呢，每
一次換季都會有一種嶄新的感覺，雖然都是舊衣服，但是在
這些衣服裡面我感覺有很多過去的時間在裡面，這件衣服我
曾經在那個場合穿過、那件衣服我以前很愛穿、這件是我第
一次約會穿的戰服……好多的回憶都在物品裡面，如果沒有
打開它好像永遠都被封藏。

今天約會，我穿的是棉木先生之前在冬天的時候送我的史努
比粉紅色 T 恤，穿上它，我好像又回到熱戀時候會害羞的樣
子。

你 喜 歡 我 就 好 了

今天棉木先生又搶著幫我洗碗了，這次換我
從後面將他抱住，我小聲地對他說：「你別
洗了，你喜歡我就好了。」

他微微地笑了一下，沒有說話，然後就這樣
又繼續洗他的碗了。

甜
蜜

有
妳
在

就
是
不
一
樣

棉木先生的家裡有一隻柴犬，名字叫阿寶。以前我很怕狗的，因為小時候被狗追過，這讓我很難對狗產生喜愛，總覺得離得越遠越好。

咋天晚上，棉木先生帶我去河堤邊散步，和阿寶。我牽著狗繩，這是第一次這樣離狗這麼近，可是心裡卻不見恐懼。原來遛狗是這樣的感覺。

我問棉木先生是不是平常也這麼開心，他笑著說沒有，我問他為什麼，他說：「因為平常遛狗就是遛狗，但有妳在就不一樣了……」哪裡不一樣了，我問。

棉木先生把我的手又握得更緊一些，他突然停了下來看著我的眼睛，他說：「有妳在，就不叫遛狗了，這叫約會。」

有你在，
我就覺得
很快樂

今天是情人節，我們沒有見面。我打電話給棉木先生，最近
每一次電話開頭的第一句話都是：「在忙嗎？」知道孝順的
他過年期間一定閒不下來，只是情人節這天大家都去約會
了，我還只能透過電話才能聽見他的聲音，心裡不免有些吃
味。

我們通了幾次視訊電話，能夠看到他的笑容真好，雖然沒有
聊什麼複雜的話題，大部分的時間都在傻笑，還有說一些別
人聽不懂的（我們星球的）語言。

甜
蜜

棉木先生從以前就喜歡在視訊的時候玩可愛的濾鏡，我常常
提醒他說不要套那些東西，因為我想看到的是真實的你；
後來我們都用了一個七十歲的老人濾鏡，看到他滿臉皺紋的
樣子，我竟然不小心在笑聲中掉下了眼淚，看到他年老的樣
子，讓我好難過，我們會一直走到那麼遠的日子嗎？我會看
見你滿臉皺紋的樣子嗎？如果將來我老了，你也還會像現在
一樣愛我嗎？

好吧，情人節雖然沒有見到你，但是我知道有你在就好了，
這樣就很幸福了。祝你情人節快樂喔，我永遠的情人。

我來就好

今天終於和棉木先生見面了，有時候我會像現在這樣住在他們家一個晚上。每一次棉木先生都會貼心地幫我做好所有的事，洗碗、鋪床、拿行李上樓、整理被子……這讓晾在一邊的我感覺有些尷尬，好像必須跟他搶點事情做。

「我來洗碗吧！」我拿起水槽裡的碗盤，這次終於比他先一步按了洗碗精，棉木先生突然將他的唇靠在我耳邊，輕聲地說：「妳在我旁邊裝忙就好，我來。」

收拾完畢後，我們終於回房間休息。棉木先生要我乖乖地趴在他的床上，那張床的味道是我熟悉的香味，是棉木先生洗澡用的沐浴乳的味道。他像平常一樣熟練地按著我背上的每一條筋絡，對我感覺痛的穴道特別瞭若指掌。

我忍不住哀了幾聲。棉木先生神情緊張的對我說：「妳、妳別亂叫。」啊對，我忘了他的家人在樓下。

我們看著彼此慌張的表情，小小聲地笑了。

這是妳的家，

從今以後妳可以住下

明明應該開心的，但是要搬到他的城市居住，似乎還是有點突然。那天棉木先生開車載我去面試，結束後棉木先生的臉上沒有什麼表情，他明明知道我錄取了，可是臉上依然沒什麼笑容。

我一點也開心不起來，你不開心我也不開心。

開車回程的路上，我忍不住問棉木先生：「你是不是覺得有點太快……住在一起，如果是這樣……我可以回我的城市……」話還沒說完，棉木先生就握住我的小手，他說：「我已經期待這件事很久了，這一直都是我們的規劃呀。」

我想起以前他對我說：「這是妳的家，從今以後妳可以住下。」這真的是我的家嗎……我好擔心我們如果沒有了遠距離，會不會容易看膩對方，會不會就沒有這麼甜蜜了，我擔心好多好多，棉木先生的臉上依然沒有笑容，可是我不小心聽到他小聲地對自己說：「那我要來準備求婚了。」

我不敢看他，他應該沒有發現我身上的每一個細胞都在笑吧。

都

交

給

你

了

說話的時候

我喜歡看著你的眼睛

那樣看進去的時候

我感覺我把所有的自己

包括靈魂都交給你了

我 想 把 你
佔 為 己 有

棉木先生開車技術很好，比起我來說。記得每一次開他的車
去面試，我都非常的緊張和焦慮，最害怕的就是停車這件事
了，我很怕傷到他的車也怕傷到別人的，於是每一次停車的
時候我都需要花非常多的時間。

有一次回家，是棉木先生開的車，對他來說倒車入庫只需要
三秒鐘的時間。他停好車的時候，我讚嘆的問他為什麼可以
這麼厲害。他當時淡然地對我說：「這叫做千錘百煉，當妳
有不會的事，那就要多做。」

我聽了覺得很有道理，我轉頭過去問他：「那我好像還不太
會親親，你可以陪我練習嗎？」

棉木先生害羞地笑著說：「好。」然後他順手解開了我的安
全帶，用軟軟的嘴唇碰上我剛剛還在說話的嘴巴。

放 屁 國 王

記得第一次和棉木先生在餐廳吃飯,我說話很小聲、吃飯很小口,笑的時候很拘謹。舉手投足間我儘量地讓自己流露出氣質的那一面,我想那應該是他喜歡的樣子。

八年了,我終於露出原型。我其實很愛大笑,吃東西喜歡一口塞進嘴巴裡,還有一些很私密的習慣,像是我的鉛筆盒裡面一定有耳耙子,焦慮、想事情的時候我就會開始挖耳朵,對我來說「清理乾淨」這件事很療癒。

最近棉木先生知道我很喜歡挖鼻孔,像強迫症那樣一定要把鼻子裡面的鼻屎和黏膜清理的乾乾淨淨。棉木先生常常提醒我,再挖鼻孔就要變大了,因此他給我取了一個「挖鼻屎公主」的綽號,為了給我警惕。

甜蜜

跟 挖 鼻 孔 公 主

我覺得很可愛，但是又有些不甘心，於是我也幫棉木先生取
了一個綽號，叫作「放屁國王」。棉木先生在家裡都會放很
響的屁，每一次聽到我都會哈哈大笑，雖然他不滿意我幫他
取的這個綽號。

「國王跟公主在一起很奇怪耶，不然妳當挖鼻屎女王好
了。」棉木先生說。我當然不要，我要當可愛的公主，誰要
當挖鼻屎女王，感覺好像是全世界最會挖鼻屎的女生一樣。

妳知道
我為什麼
喜歡妳嗎

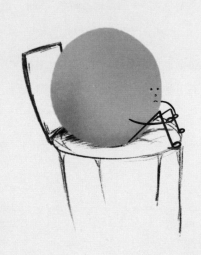

今天棉木先生加班，我拿著手機、拉了一張椅子在玄關裡坐下來，我知道他如果一開門就看到我一定會很開心。

終於聽到他拿鑰匙的聲音，於是我比他先一步把門打開，沒想到看到他的那一刻，我竟然先哭了。

我坐在椅子上抱著他的腰，哭了好久。他安安靜靜讓我抱著他、也讓我哭完，然後我們倆對看在一起的時候，他對我說的第一句話是：「妳知道我為什麼喜歡妳嗎？」

「我不知道，為什麼？」對他說話的時候，我的眼眶裡還有很多淚水正在打轉。

棉木先生頭低低的俯視著我的臉，他說：「因為妳爆炸可愛的。」

今天我和棉木先生到咖啡廳工作，棉木先生偷偷觀察前面那對男女，看起來是剛交往的情侶，他們保持距離的坐著，但是話題從不間斷。

棉木先生在我耳邊說話，他笑著說：「那個男生的話題好無聊喔。」我問棉木先生都聽到了些什麼。

棉木先生模仿男生的語氣說：「妳知道貓為什麼要有尾巴嗎？」我搖頭然後棉木先生接著說：「因為貓常常跳上跳下，它要保持平衡。」

棉木先生演藝得完美，彷彿真的是那個男生的靈魂上身，我們都笑了。

熱戀真好，所有的話都動聽，你看那女孩，聽得津津有味的。

你説的話，

我都想聽

謝謝你
讓我覺得
很幸福

昨天下班後，我和棉木先生一起去全聯採買最近的家用品，
洗衣精快用完了，鹽巴也需要補貨了。棉木先生在停車場
突然牽住我的手，認認真真地說：「我好喜歡和妳一起生
活。」

頓時，還真不知道該怎麼回應他，我說謝謝，然後問他為什
麼喜歡，棉木先生說不知道，好像只要膩在一起就會覺得很
開心。我沒有說話，只是很滿足地笑著。

我們好像越來越適應這樣的新生活了，分工合作，他畫畫、
我寫字，累了就去睡覺、醒來就去上班，我也喜歡和你一起
生活，謝謝你讓我覺得很幸福。

談 戀 愛 之 後

我 的 世 界 都 無 法 對 焦 了

睡前，棉木先生突然對我說：「妳知道嗎，談戀愛之後我的
世界都無法對焦了。」他說得一本正經，彷彿那是什麼疾
病，我趕緊問他為什麼無法對焦，什麼意思。

下一秒，他把額頭湊上來、貼著我的身體，他用他的手臂撐
起上胸，然後問我：「妳可以嗎？」

我看著他的眼睛、聽見他的鼻息，還有自己混亂的心跳。

你說得對，談戀愛之後我也無法對焦了。

生活裡到處都是
你的影子

我在一杯水裡看見你

在空氣中聞到你的氣味

我在音樂裡聽見你的聲音

你在哪裡

我感覺你無所不在

愛一個人的時候

生活裡到處都有他的影子

兩個人在一起
比較溫暖啊

「天氣很冷,等一下我自己出門,妳在家裡等我回來。」棉木先生說他要先把我載回家,然後再自己去驗車。

「不行,我要跟你一起,天氣那麼冷,兩個人貼在一起比較溫暖。」我把身體更貼近他,想讓他感覺到我的體溫。

棉木先生笑著把我冰冷的手放進他的口袋裡說:「呀,妳噁不噁心啊?」

我說:「噁心,超噁心的。」

你在我旁邊

就好

昨天看影集看到睡著了，我趴在棉木先生的腿上，不知道時間過了多久。

醒來的時候眼前一片黑，只有螢幕亮著。眼前的劇情走向超出了我的範圍，想開口問棉木先生：「現在到哪裡了？」可是還是敵不過睡意，慢慢地又進入夢鄉。

沒關係，現在到哪裡不重要，你在我旁邊就好。

甜
蜜

我 要 與 你
長 相 廝 守 、 白 頭 偕 老

那天棉木先生開夜車載我回家，我們一路上東聊西聊，突然
眼前出現一道白光從神秘的黑布出現，然後墜落。

是流星。

剛剛那是流星閃過，是我們一起見證的。我馬上閉上眼睛、
雙手呈現祈禱姿勢，人家說看到流星要許願。

「你剛剛有許願嗎？」我問正在開車的棉木先生。

他小聲地說有，我問他許了什麼願望，他說：「我希望能和
妳長相廝守、白頭偕老。」

我聽到他這麼說，開心地用臉摩擦他的手臂，像一隻貓咪。
然後過了很久，我問他為什麼不問我許什麼願望。

棉木先生說：「因為等一下妳會自己說呀。」

祝你有一個好夢，

晚安

「這幾天，妳最喜歡我們一起做哪件事？」棉木先生一邊開
車一邊問我這個問題。

這題太難了。在一起的每分每秒都有不同程度的喜歡，但最
喜歡的還是和你一起坐在沙發、窩著棉被看影集的那時候。

我看見你累得頭一直往下點，還執意要陪我看完這一集；我
看見後來你靠在我的肩上睡著、嘴裡還嚼著空氣，在你夢裡
一定有什麼好吃的東西是我吃不到的吧。

於是，我把電視關了，把你拉回床上，我也想吃你嘴裡的那
一個。

妳要嫁給我嗎

今天家裡的烘碗機突然不動了，我和棉木先生都不敢說話，不知道他心裡想了些什麼，我在煩惱修理一台烘碗機要多少錢。棉木先生默默地跑到總電源那弄了一會兒，就這樣烘碗機就被他一雙巧手修理好了。

「妳要嫁給我嗎？」棉木先生開心地抱住我，他這樣是在求婚的意思嗎，我該怎麼回答這個問題，心裡瞬間爆炸，害羞地不知道該往哪裡鑽，於是用一個大人說話的口氣問他為什麼要嫁給你。

他說：「這樣你就可以有一個人免費幫妳修水電啊。」

呿，居然是這個原因。我轉過身把棉木先生抱得緊緊的，知道這不是棉木先生的求婚，我就可以放心了，這應該只能算是他日常浪漫的正常發揮而已吧。

你
還
記
得

第
一
次
的
感
覺
嗎
？

你還記得我們第一次擁抱的感覺嗎？我在車上興奮地問棉木
先生，我猜他一定忘了。

在這之前，我把我們很多的第一次都想了一遍，第一次牽
手、第一次擁抱、第一次接吻⋯⋯那時候的我們都是第一次
戀愛，對於這樣的感覺很是新鮮。

「我記得，我當然記得。」棉木先生說那時候他就是很想抱
抱，很想很想。我問他難道都不怕冒犯到我嗎，那時候我們
才剛交往耶。

「我抱我的女朋友，不行嗎？」棉木先生臉上露出無辜的表
情這樣問。我笑著跟他說：「可以，當然可以。」

如果我們早點遇見，

　　　　那就好了

今天陪棉木先生到他從前的校園走走，我牽著他的手，心裡覺得遺憾這輩子沒能和他同班。

「你以前有收過情書嗎？」我問棉木先生。

他說沒有，我就放心了。但我有，我和棉木先生說我有收過「兩封」情書。棉木先生瞪大眼睛說：「我哪有寫那麼少！」

呵，才不是你呢。

你別説，

我 不 敢 聽

在棉木先生回家之前，我把餐桌填滿了飯菜，音響播放著我們喜歡的爵士音樂。也許因為有些虧欠，所以我把今天的晚餐當作彌補，就當作昨天我沒說過那些話，我其實還是很喜歡為你做飯的。

棉木先生嘴裡忙著嚼我做的飯，我在對面牽起他的手，「對不起，我愛你，昨天是我錯了。」我真心地向他說話。

棉木先生把我的小手揉進他的手掌裡，深情地看著我的眼睛，在他沉穩的呼吸裡我好像感覺到一絲笑意，是不是有什麼話想對我說。「你該不會、該不會要那個吧……不要喔不要。」我握著他的手，皺著小臉哭了起來。

棉木先生馬上從椅子上坐起來，像圓規一樣奔向我這邊，他站著抱住我，好像聽見他在笑：「沒有啦，妳想太多了，我求婚沒有這麼爛啦……。」

甜蜜

我的世界
正在向你傾斜

昨天和棉木先生在家裡看電影，這次是我挑的片——漫威的
《永恆族》。我們每天晚上都很期待能看一部電影。

只是不知道為什麼，我常常把頭輕靠在他的肩膀後，一下子
就睡著了。醒來之後才發現，故事已到結局，永恆族的人被
天神收回去了，世界又恢復原本和平的樣子。

而我的世界正在向你傾斜，你沒有逃開，只是穩穩地接住我
酣睡的樣子。

你是一個 溫暖的人啊

棉木先生常常問我為什麼他是木頭，我心裡一直都覺得他就是個木頭啊，誰叫你從來都不跟我告白。「可是⋯⋯妳不是說我也很暖嗎？」棉木先生問。

我想了想，改了口說：「那你是木頭裡面的暖男，你是暖木頭。」棉木先生聽完後哈哈大笑，他說：「那我就是木炭了啊。」

嗯，你應該叫木炭先生。

和 你 一 起 吃 ，
才 是 最 好 吃 的

那天棉木先生帶我去吃一家三十年的老店，我們點了蛋煎、
蛋炒飯和米粉湯，每一次出去外面吃飯，我總是在想：到底
要怎麼炒，才能像外面賣的一樣好吃？

棉木先生吃了一口蛋炒飯，然後說：「可是我覺得妳的蛋炒
飯比他的好吃耶。」我笑了出來，明明他炒得就比較香，於
是我假裝帥氣地瞇著眼問棉木先生：「甘安內……？」

「甘。」棉木先生的台語真的有待加強。

你可以是不完美的樣子。

CHAPTER 3

棉木先生教我的事

原來我們可以是不完美的樣子，
偶爾偷懶、偶爾讓自己休息一下，
不要那麼緊繃，
這樣也不賴。

難過的時候，棉木先生總是用最大的溫柔包容我身上的刺，
我常常在最心碎的時候跟他說我不愛他了，叫他不要說話、
不要和我聯絡。但是他還是願意打一百通電話給我，願意等
我平息下來，願意聽我的吼叫。

「如果妳明知道會痛，還願意去擁抱他，那麼那個傷就不
會痛了。」他繼續說：「因為妳是自願的，妳願意容納悲傷
在妳的生命當中，它就成為妳的一部分。」

眼淚哭完了，我把鼻涕都擦乾淨，終於恢復了正常的呼吸。
我向棉木先生說：「我沒有要跟你分手喔！」

棉木先生安穩的對我說：「我知道。」

容納悲傷在妳的生命當中，

它就成為妳的一部分

我永遠都會站在妳這邊

那天棉木先生開車載我回家的路上，我滑著自己的IG，看大家給我的留言，腦海裡在想，大家好像都比較喜歡棉木先生。

我嘟著嘴問一旁在開車的棉木先生：「如果哪天我們吵架了，大家會不會都站在你這邊？」

棉木先生微微地笑了，他摸了摸我的頭，小聲地對我說：「妳放心，我會站在妳這邊的。」

謝謝你接納了
我的不完美

那天我們開著車北上，從十七歲到二十四歲的青春歲月，濃
縮在短短兩個小時的車程裡。

能夠這樣笑著說出過去的事，是因為真的成為過去式了。以
前的自己大概沒有這樣的幽默感，沒有嘲笑自己的勇氣，你
知道我很愛面子的。

「那也是妳的一部分呀！」棉木先生在車裡這樣說，你深深
地知道那樣的我。

總覺得成長過程中的那些裂縫，是因為有你的出現才逐漸密
合。

謝謝你參與我完整的青春，包括那些悲傷的部分。

愛你的人會愛你的全部，
包括你不喜歡自己的部分

我是一個在人群面前活潑的人，我無法抑制自己對人的熱情，總是希望能把歡樂帶給大家。

記得和棉木先生交往初期，我一直很害怕他不喜歡這樣的我，因為我們並不是從生活中認識的朋友，棉木先生是從零開始認識我的。

好幾次在他面前大笑、大口吃飯、沒有形象的哭泣，像個孩子。後來問起這件事，棉木先生說：「我就喜歡這樣的妳呀，我覺得很可愛。」

原來真正愛你的人會愛你的全部，包括你不喜歡自己的部分也一起愛了。

接納

我們一路跌跌撞撞，
還不是走到了這裡

咋天和棉木先生分開了，他開車載我回家，我幫他買了咖啡
讓他繼續上路。

「妳放心去做妳想做的，想做什麼都可以。」送別的時候他
這麼說。好像心裡的擔憂都瓦解了，我其實好害怕跟在你身
邊，那時常會讓我感到自卑，覺得自己有多麼不足。

謝謝你帶給我安心，我還是想依靠著你，但我會越來越好，
請相信我。

做好妳該做的 就好了

我是一個很膽小的人，從小就對很多事情很敏感，不管是人的情緒、細微的聲音、不好的念頭……我都會過度敏銳的接收。

今天跟棉木先生通電話，他耐心地教我如何不害怕，他說只要做好妳該做的就好、保持「正念」，其他的都不是妳該擔心的，因為那些都不屬於妳，妳的心才是。

我知道如果我再更聰明一點，我會知道他這句話的隱喻是：所有的害怕其實都是自己。

棉木先生，謝謝你是我的老師，我感覺有你在我身邊，我就願意去面對，而且可以勇敢很多很多遍。

接納

其 實 你 可 以

不 用 假 裝 勇 敢

棉木先生受傷了，手起了好大一個水泡。他什麼也沒說，只是安安靜靜拿冰塊敷著手，走到我旁邊來。

我好難過，為什麼你總是這樣悶不坑聲，一點也沒有想要怪罪別人的意思。這樣的你好委屈，好想為你做些什麼、安慰你、擁抱你，但是我使不上力氣，我知道你並不需要這些。

看到你堅強的樣子，讓我感覺好心疼。其實你可以不用假裝勇敢，我知道你會痛，我也想要有能力可以安慰你、給你溫暖，像是平常你用力守護我一樣。

「為什麼我跟別人不一樣？」

「為什麼妳要跟別人一樣？」

棉木先生說，妳有妳獨特的地方，我們不需要一樣。

我 們 不 需 要 一 樣

棉木先生今天幫我買了gogoro 。自從上次我發生車禍後，他除了自責以外，還很積極的幫我看車、處理我的交通問題。很慚愧的，今天早上我才跟他吵架，我哭著跟他說：「我覺得你都沒有愛我。」

棉木先生滿臉疑惑地想問清楚，他完全沒辦法理解為什麼我會這麼想。

最近我們都很忙，雖然我們下班後都在一起，但是都在忙公事，忙完也就洗澡睡覺了。不知道，總覺得日子好平淡，沒有以前曖昧時候的浪漫火花。

我總是期待睡前他要抱抱我、親親我……「你根本什麼都不知道，你不知道我會難過。」我用力地推開他的身體，搗著滿臉的眼淚說。

把心打開，
才能感受到更多的愛進來

他認真的向著我的臉說：「妳知道妳這樣子誤會我，我也會
很難過嗎？」他說愛不是只有親親抱抱而已，他對我表達愛
的方式和我不一樣，他會幫我處理我的生活大小事、願意做
我不想做的事、體諒我的疲累和懶惰……棉木先生說不是所
有人的愛都必須和我一樣，我必須把我的心打開，才能感受
到更多的愛進來。

雖然交往那麼那麼久了，可是我好像還是必須從頭練習：相
信愛、把心打開。

說起來簡單，做起來難啊。

讓你久等了

今天忙碌的時候，我對棉木先生的口氣不是很好，我說：
「你現在不要吵我。」我頭都沒有撇過去看他一眼，只顧著
忙自己的事。其實心裡一直記著，想跟他說聲抱歉，因為當
我講完那句話後，棉木先生就真的沒有吵我了，他安安靜靜
地把電腦搬到餐桌上，繼續做起自己的事，沒有跟我頂嘴、
也沒對我發脾氣。

我才發現，我似乎常常在著急的時候口氣不好，其實並不是
在對任何人發脾氣，只是當事情不如我意、不在我控制範圍
的時候，我就會變得心浮氣躁，然後傷害到身邊的人。

終於忙完之後，我想過去跟棉木先生道歉，於是小小聲地走
到他旁邊，棉木先生看到我從書房走出來，馬上揚起笑容，
他開心地抬起頭跟我說：「忙完啦，妳真棒！」

讓你久等了，對不起，棉木先生。

他 不 要 我 ，

我 好 難 過

今天終於接到第三家公司的面試結果通知，未錄取。主管的信裡說了一大堆不適用的原因，看起來很是用心，未錄取……在我眼裡最直接的解讀就是「他不要我」。他不要我，我好難過。

棉木先生是第一個知道的人，他在電話裡理性的分析所有失敗的可能，然後說了我們一起努力。

我不要努力了，誰要努力，我已經很努力很努力了，我跪在佛前哭得好淒慘，把每一通他打來的電話都掛掉。

好希望能有人告訴我：妳已經做得很好了。

這幾天月經來，身體比較虛弱，棉木先生總是會在這幾天特別照顧我，我可以隨時隨地去休息，可以隨時討抱。

昨天太累了，棉木先生幫我按摩完後，我很舒服地在床上睡著了，從八點一路睡到天亮，忘了po文、忘了拍影片、忘了直播。

早上起床的時候，我焦慮地看著棉木先生的臉，他提醒了我昨天晚上有很多事情沒有完成。正當我想要跟他道歉的時候，他說：「好棒，我們昨天晚上睡得好滿足。」

原來我們可以是不完美的樣子，偶爾偷懶、偶爾讓自己休息一下，不要那麼緊繃，這樣也不賴。於是我們繼續躺在床上聊天，慢慢地又伸了一個懶腰。

你可以是
不完美的樣子

不要為了別人的眼光

而改變自己

記得在我下定決心離職前，棉木先生告訴我：「離職之後，妳不要給自己太大的壓力，不要為了流量去拍片、不要為了迎合別人而寫大家愛看的話題、不要為了別人的眼光而改變自己。」

棉木先生說，這輩子每個人就該做他自己。

我以為人這輩子的目的就是要成功，我以為所有的付出就是為了得到回報。

原來不是，棉木先生覺得每個人的身上都有光，忠於自己內心的聲音，就會發現自己在發亮。

每
一
個
人

一　心
顆　裡
太　都
陽　有

昨天打坐的時候，我看見自己吃了一個人。

我看見她的掙扎、看見自己的野蠻。我怎麼如此殘暴，在她
奮力要逃開的時候，我仗著自己的巨大，把她推進洞穴裡。

原來每一個人心裡都有黑暗，原來我不是想像中的善良，在
這之前，我以為自己都很完美的。

起坐的時候，我把這件事告訴棉木先生，他說：「每一個人
心裡都有黑暗，還有一顆太陽。」

每一個人心裡都有一顆太陽。

你 的 誠 實
會 讓 靈 魂 更 輕 盈

今天跟棉木先生開車來台北，我們開長長的車、聽了很多音樂，從電影配樂、古典音樂，到現在的爵士樂。

我跟棉木先生聊了我喜歡的尼采，我問他：「你的生命中有沒有過風光時刻，但沒有人知道背後你其實有深刻的內省。」

棉木先生把手托住下巴，他說：「如果希望自己的靈魂可以乾淨無染，那就必須先去面對自己最骯髒的部分。」

對他來說，面對本身就是一種眼睛向內的過程，無論是否整理得乾淨，靈魂會因為你的誠實而變得輕盈。

接納

你不屬於任何標籤，你就是你自己

棉木先生說，我心裡有一個可怕的他。

我怕他覺得我不好、怕他不愛我、怕他有一天會離開我。棉木先生說那不是真正的他，那是我心裡幻想出來的角色。

原來，我們心裡都一直為別人貼上標籤，覺得他應該是如此，覺得他可能對我不好，可是也許那並不是他真正的樣子。

也許，你也為自己貼上了一個標籤，你以為你是什麼樣子，以為就應該墨守成規，其實那都是心裡幻想出來的角色。

你為自己貼上一個標籤，有一天它就會成為你下一次做自己的障礙。所以你要親手把它撕下來，你要知道你不屬於任何標籤，別人也不是你以為的那個樣子。

你就是你自己，是任何標籤都無法說明白的真實存在。

不要把心放在那個讓你難過的地方

棉木先生帶我去看海,他說心情不好的時候就去看看海,但是晚上的海風好大,我們兩個站在原地抱在一起取暖,夜好黑,我其實看不見海的形狀。

「這樣妳有好一點嗎?」棉木先生問。

我微笑著跟他說:「原來難過是因為我把心放在難過的地方,不難過的方法就是不要把心放在那個地方,就好了。」

謝謝你帶我去看海,我看不見海,但我看見自己的心。

有些美麗，

必須停下腳步　　才能看見

以前每當我心情不好、想說話的時候，棉木先生就會帶我出門去公園散步，我特別喜歡在晚上的時候散步，那時候路上不會有行人，路燈像是為我們開的。

那天我拖著疲憊的身體，跟棉木先生說今天找不到寫東西的靈感，他輕聲地問我：「要不要陪妳散散步？」我搖了搖頭，算了吧，現在疫情出門散步也不會比較放鬆。

然後棉木先生想到另一個方法，他開心地拎著我的拖鞋，帶我去陽台看星星。

真是浪漫，像這樣的事只有他想得出來，時間那麼晚了，他並沒有要我趕快上工，沒有要我急著收拾餐桌，沒有什麼事必須馬上做，一切都可以按照自己的步調走，想休息就休息，想寫的時候再來動筆。原來人一直都沒有離開生活，是忙碌讓我們忽略了享受。

謝謝你陪我看星星，讓我知道有些美麗，必須停下腳步才能看見。

難 過 的 時 候 就 去 洗 澡 ，

　　　洗 完 就 是 全 新 的 自 己

今天早上才洗澡，有時候太累了就會這樣，把開心的事留給
明天。

我想起棉木先生告訴我：難過的時候就去洗澡，把你身上所
有不開心的事都洗掉，洗完就是全新的自己。

我不知道洗完澡之後那些心事是不是都跟著排水孔流掉了，
但是當我拿著髒衣服走出浴室，我告訴自己：這是新的一
天，我可以給自己一個新的心情。

生活

逆來順受、知恩惜福

記得今天我還在被窩裡的時候，棉木先生打了電話給我，他說今天有一場重要的會議讓他感覺有些壓力，電話掛了之後他又精神抖擻地去公司上班了。

下班後也接到了他的電話，他開心地跟我分享今天開會得非常順利。聽到這，我心裡有些羨慕和嫉妒的說：「你好像做什麼事情都會很順利喔……。」

他在電話裡笑著對我說：「其實並沒有都順利，但是我逆來順受、知恩惜福。」當他說完這句話的時候，我感覺心裡有某些灰暗的地方被點亮了，每當挫折來的時候我們都變得很負面、很低潮，我們都忘了還有另一個方式是跨越它然後戰勝它。

謝謝你帶來的光，讓我知道我也能成為自己的光亮。

我最大的快樂，
是妳也快樂

今天終於回頭再聽了一次論文口考的錄音檔，真的是揪著心在聽每一個字、每一句話，彷彿自己又回到了那個緊張的現場，所有回應得不夠完美的話，又得從頭再經歷一次。記得棉木先生當時經歷這段的時候，也是我在他身邊陪著他一起完成這項任務，如今換我經歷這些了，棉木先生知道我會很害怕，於是他拿了我另一邊的耳機，他說他想和我一起聽這個錄音檔。

好像害怕的事有你陪著，我就不那麼害怕了。到關鍵的時候，我還是會忍不住按暫停，我不敢面對，棉木先生一直鼓勵我走過這段煎熬的時期，他教我怎麼聽取老師的意見、怎麼修改、用什麼說法比較好，好像他比我還要了解我自己。

那一刻真想緊緊地抱住他，但我必須一直快速地記下他教我的話，然後再整理整理，忽然有一刻我抬起頭看見他的眼神，似乎看見他的眼睛在說話：「我最大的快樂，是妳也快樂。」

或許是因為心疼吧，所以總是扮演我的老師、當我最好的朋友、成為我最有力的後盾。

謝謝你，棉木先生，有你真好。

我 們 要 學 會
用 靈 魂 溝 通

我常常問棉木先生，如果還有下輩子，我們還會不會在一起？棉木先生總是很認真的回答這個問題：「我不知道。」他說當人沒有了肉體，我們便很難相認，然後他繼續說：「這輩子我們就是要學會這件事──超越生死、用靈魂溝通，這樣以後就算肉體不在了，我們還能找到對方。」

我很相信他的話，我知道這是我這輩子最重要的功課，以後我不只想要與他相認，還有我最親愛的家人。

我會好好修煉自己，我知道我一定辦得到。

特別
不見得適合你

記得有一次我問棉木先生為什麼喜歡我，是不是因為我很特別，我興奮的問。

那一次他的回答讓我印象很深刻，他說：「我喜歡妳不是因為特別，是因為適合。」他說人要追求適合自己的，不要去追求特別，因為特別不見得適合你。

我總覺得自己要當那個特別的人，才能被這個世界看見，但或許我們每一個人本來就是特別的，這個世界一定會有最適合你的安排，我們都毋須擔心。

有 時 候，

我 需 要 別 人 的 關 注

我總是很在意別人的眼光，在意別人是怎麼看我、在意我在別人眼裡的樣子，甚至在意自己po的文是不是有人看、多少人按讚、多少人留言回饋。我在意這個、在意那個，好像每一個動作都是為了做給別人看的，如果自己一個人就不會是現在這個樣子。

「我是不是做人失敗，為什麼我本人的帳號發文都沒有什麼人按讚……」我嘆著氣向棉木先生說。說不在意是騙人的，po文是炫耀自己的生活嗎，我不知道，或許是，因為我總是希望被關注到，而且還從來不分享自己不好的那一面。

「妳很自私，妳都不關注別人，可是卻要別人關注妳。」棉木先生說。

我從來都不關心朋友圈的動態，甚至也沒有追蹤好友，我只加棉木先生一個人，因為我不喜歡「互追」的壓力，有些人的生活我就是沒有興趣，為什麼要因為人情壓力而讓私領域強迫有他人的存在呢，所以常常有人問我要不要互追的時候，我總是很勇敢的說：「抱歉，我不追蹤任何人。」其實心裡的話是：我只追我想看的。

這樣的確是自私，我期望光環只在我身上，我在意自己是不是真的有被看見，但是這樣的在意時常讓我非常難過，總是擔心自己做得不夠周全，總是刻意的要求自己要符合別人的期待。

我希望我能將眼光回到自己身上，多看見自己，而不要活在別人的眼中。

謝謝你
讓我變得更好

難過的時候要說出來、委屈的時候不要憋在心裡，你沒有說，別人永遠不會知道你在想什麼。吵架不是一件壞事，那是因為彼此都想要離對方更近一點。

「我們是不是吵架了……」

「不，那是我們例行性的溝（吵）通（架）。」

「謝謝妳那麼有耐心的教我說話。」棉木先生在電話裡輕聲細語地說。其實我也沒有教你，只是和你一起嘗試用不同的說話方式、互相聆聽。

愛就是接受彼此的差異，讓兩個不同的個體能和平共處，還覺得幸福。

你應該

為自己

感到驕傲

我和棉木先生有一個飯前的儀式，在吃飯之前先把眼睛閉上，結上手印、心裡默念三聲佛號，這是淨食法，是為了感恩天地給我們的食物、感恩食物的供養。

我很喜歡在生活裡升起這樣感恩的心，因為那讓我覺得被這個世界善待了，我是被保護的、被支持的、我不是一個人。

時常，在朋友面前我會刻意地省去這樣的習慣，為了融入大家、為了讓自己看起來不要那麼獨特，因為總是害怕被問到這樣的問題：「妳為什麼要這樣做？」我害怕被大家笑，害怕沒辦法保護我自己所相信的事。

現在的我還在練習對自己更有自信一點，做自己有什麼好丟臉的，每個人都是獨一無二的，我應該為自己感到驕傲。

今天早上六點，我和棉木先生早起打掃家裡，他擦窗戶、我洗碗，他掃廁所、我整理被單。他說他好喜歡現在的我們，喜歡一起為這個家付出的感覺。

今天是七夕情人節，是我第一次告白失敗的日子。那時候一定沒有想到有今天、沒有想到有一天我會和這個男人真的在一起、沒有想到他會愛我、沒想到自己也是值得被呵護的。

我沒想到有一天，我還能和棉木先生聊起這個告白失敗的故事。

昨天他一進門就送我玫瑰花，手上還拎著蛋糕和金莎，我嘴上說不用這麼費心，但心裡和嘴角卻笑得很開心。然後我們吃完晚餐後，一起吃蛋糕、喝紫蘇梅飲，肚子吃得好飽好飽，整個晚上都聊得好開心。

幸福是需要等待的，或許那時候的告白我是失敗了，但好險我並沒有放棄，因為我的心裡沒有別人，所以你回頭的時候我還在這，一切像是命中註定一樣，好像所有的等待都是必要的過程，現在能夠愛你、也被你愛著，我感覺一切都值得了。

好喜歡

現在的我們

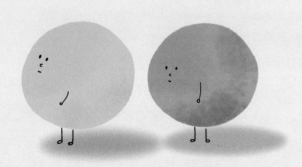

不要輕易的放棄任何一件事情

那天我忙著處理論文的事，棉木先生陪在電話裡，他聽我唉聲嘆氣的，終於忍不住說：「妳還記得嗎，不要輕易的放棄任何一件事情。」我問他這句話是誰說的，正準備拿起筆把這句話寫下來的時候，棉木先生笑著對我說：「這句話是妳以前說的。」

每一件事情都要盡全力地完成，不要留下任何的遺憾。即使結果不是如原本預期的，那也沒有關係了，因為你已經把最好的交出去，已經心滿意足，一切就交給天吧。

生活

你 就 是 我 的　 全 世 界

那天和棉木先生到全聯買東西。結完帳後，他走在我前面先
戴好了安全帽，這次他沒有等我就把機車騎了，他騎著機車
繞著我轉了三圈。

我著急地杵在原地看著他發愣，問他怎麼沒等我。棉木先生
高興地對我說：「我在環遊世界啊。」

人自願沉溺其中，

而且無法自拔地渴望著

人為什麼會喜歡看劇，明明那些愛情故事都不關自己的事？
刷完了第三次這部劇，心中最大的是這個疑問，對自己的。

人明明知道這是虛幻的世界，可是人卻自願沉溺其中，還因
此而無法自拔地渴望。

我把這個問題拿去問棉木先生，他告訴我：「就像妳喜歡看
書一樣，它是一個濃縮，它超越妳的生命經驗，短時間內讓
妳體會妳人生中還沒經歷的部分。」

原來人都希望能夠超越自己所能，在有限的生命裡完成比自
身更大的事，哇……突然感覺看劇這件事是在完成自己的本
命，那我也只好繼續沉迷了。

無聲的嘆息
才最應該被關心

記得有一次棉木先生很晚回家，我煮一桌的菜都涼了。他沒
有特別說發生什麼事，我也不敢打電話。

聽到他回家的聲音，我馬上關水龍頭，衝過去玄關抱住他。
「你為什麼這麼晚回家都沒跟我說？」我擔心的語氣裡帶了
一點點的生氣。

棉木先生輕輕地把頭靠在我身上，慢慢地把他的重量都交給
我，那時候他一句話也沒有說。

我才知道他累了。

當時我終於明白無聲的嘆息才最應該被關心。那些說不出來
的壓力如果沒有被理解，也許就一直沉在心底了吧。

放錯位置的拼圖
不是不努力

這幾天和棉木先生一起玩拼圖，感覺無形中竟然也從這樣的遊戲裡領悟出一些心法來。

有時候努力沒有結果，不代表你的努力是無用的，也許我們都過於用力要把自己放在一個其實不那麼適合自己的位置上。

放錯位置的拼圖不是不努力，那本來就不是你該去的地方。

是 你 的 話 ，

　　我 願 意 等

「如果當初我沒有跟你告白，那麼這輩子我們是不是就不
會在一起了？」我問棉木先生。

他說：「是妳太急，在我告白之前就等不及先說了。」

是這樣嗎，那為什麼兩次都是我告白呢，是因為不夠喜歡我
嗎。交往七年了，還是有很多考到爛掉的題目會拿去質問
他。

鍥而不捨的追求一個人看似是一件很有毅力的事，但我好像
也沒想這麼多，告白失敗了算什麼，是你的話，我願意等。

你
有
看
到

小
精
靈
嗎

我們躺在床上,感覺快睡著了,可是衣服還沒晾,我有氣無力地喊著:再給我五分鐘。

棉木先生說:「不用晾,我每次睡著之後,都會有小精靈幫我晾衣服。」叫著叫著,我也不小心睡著了。

隔天早上,我醒來想到的第一件事,就是洗衣機的那桶衣服。我跑到陽台一看,發現全部的衣服都被晾起來了。

棉木先生在刷牙的時候,我跑過去問他,「你是小精靈嗎?」棉木先生極力反對,他說他不是,然後反過來問我:「妳有看到小精靈嗎?」我搖搖頭說沒有。

棉木先生說得對,睡著之後真的有小精靈呢。

棉木先生是一個好好先生，好到我覺得他是不是只想過完這輩子。人家說這輩子如果跟別人結惡緣，下輩子就會再相見。感覺棉木先生這輩子是他的最後一世，專門對人好、幫助別人、給予愛，肯定不會再有下輩子了吧。

他從來都不在意自己是不是吃虧，他是那種就算知道自己吃虧了，也一定說「沒關係啊」的那種人。

他用自己的錢幫忙家裡買東西而不拿父母的錢；他因為感恩家教老師來家裡上課所以每一次都多付兩百塊的學費；還有，他不喜歡殺價，有一天他跟我說：「我希望他賣給我這個東西的時候，他是開心的。這樣我得到這個產品我也覺得開心。」他是那麼的好，那麼設身處地的替人著想，於是所有人也都對他好好。

棉木媽非常的疼愛棉木先生，每次都拿了好多新鮮的菜葉、料理好的食物給我們。他的朋友和長輩也都很喜歡他，以至於身為他的女朋友的我，也倍受照顧。感覺像是沾了他的光，我平白無故地得到幸福。

只是很想告訴你：能夠愛你，是我這輩子的榮幸。

我知道你不會有下輩子了，我一定會在這輩子好好地珍惜你、老老實實地待在你身邊，和你學習做人處事的道理。

下輩子我也不要再來了，我才不要去沒有你的地方。

能 夠 愛 你，

是 我 這 輩 子 的 榮 幸

自 信 不 是 無 所 畏 懼 ，

而 是 害 怕

仍 然 不 斷 前 進

記得有一次在家裡抱著棉木先生的手臂大哭，我常常對未知
的事情感覺無法掌握而擔心害怕，那時候棉木先生跟我說：
「害怕很棒啊，表示妳有企圖心想把事情做好。」

以前一直以為害怕是懦弱的表現、成功的人不應該膽怯，但
是人之所以能一直前進，就是因為知道自己的不足，而能擁
抱自己的缺憾，並且持續地修正自己啊。

真正的自信並不是無所畏懼，而是即使害怕仍然不斷前進，
我想要當那樣的人，雖然柔弱，但內心是很強大的。

付出

妳必須完全地進入愛，
才能體會愛是什麼

「我不要喜歡你了，如果投入太多愛，就會覺
得失去很痛。」

「妳無法不投入愛，而得到愛。妳必須完全的
進入愛，才能體會愛是什麼。」

付出不是失去，
表示你更富足

棉木先生常常跟我說「不要害怕吃虧」、「吃虧就是佔便宜」，多麼八股的一句話，他竟信以為真。他仔細地向我解釋：能夠為別人付出，表示自己是有能力的，這對自己來說是一種肯定啊。

我們總是希望得到別人的幫助，而疏於在別人的世界裡當他們的英雄。

後來我總是在腦海裡迴盪這樣一句話：「有能力就要付出多一點，能夠帶給別人幸福，自己其實才是受惠最多的那個。」

這個世界不缺複製品，

他需要的是

獨一無二的　　你

那天在山上和棉木先生散很慢的步。我問他為什麼不告訴我什麼是對的，讓我依著你的話就好，因為我一定會相信你呀。

「妳永遠都有選擇的權利，包括要不要做選擇。」棉木先生這句話點醒我，我是真實地活在這個世界的，我可以用我的角度去看世界，可以肆意地去感受、去體會，不一定要透過別人來告訴我什麼是對的、該怎麼做。

他說認識這個世界必須要自己去體會，所有的質疑都是值得的過程。不要把生命的主導權白白讓給別人，你擁有掌握自己命運的能力，你要相信自己。

謝 謝 你 照 顧 我

昨天晚上我窩在被子裡寫稿，有時候會把自己藏起來，只有單獨地和自己相處，才能心無旁鶩的寫出真實的文字。

「妳慢慢寫，我來準備晚餐就好。」棉木先生從備料、洗菜、切菜到下鍋都是一個人完成，當我意識到的時候，是因為香味溢滿整個房間，讓我不得不停筆來填飽哀哀叫的肚子。

「那你這樣是不是廚藝比我好啊？」

「那是因為我沒有給妳機會啦……」

好幸福，能這樣被你照顧。

謝謝你，棉木先生，你煮的飯真好吃。

付出

真心才可貴　面子不值錢，

每一次和棉木先生吵架，他總是第一個道歉，就算他委屈了也不會據理力爭，我問他為什麼總是願意低頭，他說：「我不想看妳難過，妳難過的話，我會更難過。」

我想起自己常常因為愛面子而拉不下臉和他說話，有時候寧願在一旁生悶氣也不要第一個打破僵局。

棉木先生是個溫柔的人，他用他每一次的包容教我一件事：「面子不值錢，真心才可貴。」

時時刻刻
照顧自己

昨天晚上和棉木先生視訊，那時候我正忙著手邊的事、心裡
很緊張，他在手機裡陪伴我，偶爾說說話、偶爾給我加油打
氣。

記得那時候棉木先生突然認真的看著我說：「嘿，妳看妳的
肩膀是平的耶！」我有點生氣，我聽不懂他的意思，但感覺
他在跟我開玩笑。

後來他才說：「肩膀放下來。」

原來我一直都很緊張，我一直都沒有放鬆下來，我竟然一點
也沒有察覺，我想起每一次和棉木先生見面的時候，他常常
都會主動幫我按摩，明明他比我還要辛苦。

最近無時無刻都提醒自己：肩膀是不是放鬆了、眉頭有沒有
放鬆、心裡的壓力要慢慢釋放出來……我知道我沒辦法馬上
做到，但我可以慢慢練習。

付出

你 開 心 ， 我 就 開 心 了

最近每天晚上我都在期待吃宵夜，每一次棉木先生都會問我要吃什麼，然後主動去廚房煮給我吃。

某一次我說要吃湯麵，說完，我不好意思地說：「不用煮得太好吃沒關係。」棉木先生聽到這話，他在廚房轉頭過來跟我說：「這很難耶……」我笑了好久，「我的意思是不要太靠實力煮飯啦！」

我怕棉木先生太用心，這樣我吃宵夜很難為情。

「我從來都沒有靠實力煮飯，我都靠魅力。」棉木先生一邊煮麵、一邊自信地說。

有 了 付 出 ，
才 能 真 正 感 受

那天棉木先生看起來很疲憊，我在洗碗的時候，看到他悄悄
地在沙發上睡著了。我擦乾雙手、小心地從臥室裡拿出一條
小件的被子幫他蓋上。

蓋上被子的那一瞬間，我的腦海裡突然回到九年前，那個我
奶奶還在的房間。

突然我的眼眶紅了，我呆愣愣地站在原地，直視的眼睛看出
去的是當時躺在爺爺奶奶沙發上睡著的自己。

我只記得有人幫我蓋上被子，我記得那樣的溫暖，明明我是
記得的，可是今天我卻感覺到更深更深的愛，是我過去來不
及看見的。

我以前是被愛著的，可是在我還沒有付諸愛之前，我能感受
到的愛就只有很表層的溫暖，當我成為了那樣的行動者時，
我才真的體會到當時爺爺奶奶為我蓋下那件被子的心，然後
才更深刻地感覺到自己是如此幸福能被這樣呵護。

謝謝您們給我那麼大的愛，謝謝我還有機會這樣看見那顆溫
柔的心，原來感受愛之前，需要先付出，因為有了付出，才
能真正感受。

妳坐著就好

月經來這幾天，棉木先生都不讓我做家事，他體貼地和我搶
著洗碗、搶著晾衣服，只讓我做最簡單的事——坐著看電
影。

「妳去休息，我來洗碗。」、「妳去看電影，我來煮茶。」
他說這些話的時候，投影機的開關已經打開，客廳的燈也早
已被他熄掉了。

「妳坐著就好，我來、我來。」棉木先生重複說著這句話，
讓我感覺坐立不安也怪不好意思的。

「你這樣讓我這樣很像公主耶……」我說。

「妳是公主啊。妳就安心坐下吧，我的公主。」棉木先生
說。

慷慨　是致富的關鍵

比起棉木先生，我是一個處處計較的人，連吵架也想著要贏。因為怕吃虧，所以總是小心翼翼，但是有一次棉木先生跟我說：「我教妳一個東西：慷慨是致富的關鍵。」

我似乎從來沒這樣想過，棉木先生說：「先付出，別人也會對你好，當別人有什麼機會也會想到你，當然你得到也就更多。」

棉木先生接著說：「其實致富還有另一個方法……」話音未落，我馬上翻了大白眼對他說：「我知道你要說什麼，嫁給你對不對？」

棉木先生說：「不對，是感恩。」因為感恩的人懂得珍惜而不浪費，自然也會成功致富。

好，我真丟臉。

付出

希望我們的愛情裡

只有永遠，

沒有分離

棉木先生回家了。那時候我們剛好在停車場遇見，他大聲喊我的名，然後快步走來擁抱我。我小小聲地說話，終於等到你了，我等你好久了啊。

「妳可以幫我拿行李上樓嗎？」棉木先生指著車裡的後座說。我說好，我把安全帽放好後，興奮地朝他走去。後座沒有行李，只有一盒蛋糕，是我最愛吃的奶油蛋糕。

「哇，怎麼有蛋糕！」我馬上叫了出來，我好開心啊。我都忘了明天是九月十四號，是我們交往的八週年紀念，難怪蛋糕盒子上面有數字八的蠟燭。

八是一個吉利的數字，躺著看就是永遠了，然後我們就要邁向長長久久的九了。希望我們的愛情裡只有永遠，沒有分離。

晚上一起吃蛋糕吧。

好。

你的未來我預約了，
請記得出席。

CHAPTER 4

青與棉木先生

棉木先生說：
「我原本跟妳沒關係，
但我娶妳，
我們就有關係了。」

有妳在的日子，

就是好日子

「今天是什麼日子嗎？」棉木先生問，我說今天是
十一月二十日，是普通的日子啊。

「有妳就是好日。」棉木先生笑著對我說。

妳
的
心
在
我
這
裡

昨天晚上失眠，因為陪母親喝了咖啡。她睡了，我還戴著耳機祈禱自己能趕快入睡。

我的腦海裡飄的盡是棉木先生提醒我要好好對待工作的叮嚀，突然覺得有好大的壓力跟著黑夜襲來，好像隨時都會喘不過氣。我後悔喝了那杯咖啡，我已經在世界的盡頭，為什麼還如此清醒。

我嘗試用不同的方式讓自己靜下來，心裡開始默背我熟悉經文的句子，才第一句話的頭幾個字我竟然唸不下去了，「心」是什麼？它在哪裡？我為什麼找不到我的心？我該怎麼繼續唸下去呢？禪宗說參話頭，我大概是最吹毛求疵，最容易自己跟自己過意不去的學生了。

早上接到棉木先生打來的第一通電話，我沮喪的問他：「為什麼我找不到我的心？」他對我說：「因為妳的心在我這裡啊。」

我的演算法
是為了要預測
妳的出現

棉木先生是一個工程師，他常常用「寫程式」為我做一些浪漫的事，記得有一次他興奮地抱著電腦給我看，是一串我看不懂的長長的程式碼。

我不想掃他興，還是保持理性的笑容問他：「這是什麼呀？」原來是他用程式碼寫了一個大大的「LOVE」給我。工程師的浪漫，還真是含蓄啊⋯⋯。

「妳知道我為什麼要學 AI 嗎？」

「因為你喜歡？」

「我的演算法是為了要預測妳的出現。」

你永遠都是

我的

吵架的時候，棉木先生說我們不會分手、也不能分手，我問他為什麼不行，他說：「因為我是棉木先生，棉木先生跟青永遠都會在一起。」

我生氣的說：「你才不是棉木先生，以後如果有下一個男朋友，他才是我的棉木先生。」

他講不過我，於是妥協地說：「好吧，我不是棉木先生，那我當妳先生就好。」

最近棉木先生每天都開車載我上班，快到公司門口的時候，
我有點焦慮的問棉木先生：「你有上班恐懼症嗎？」棉木先
生笑著問我那是什麼症，我斜過去抱住他說：「我才沒有上
班恐懼症，但我有不想跟你分開症！」

他隱隱地笑了，我抬頭問他：「那你有沒有什麼症？」

棉木先生不假思索的說：「覺得妳好正。」

我永遠　都不要和你分開

妳 的 快 樂 到 了

有一次心情不好，我打電話給棉木先生，我羨慕他即使上了
一天的班，他還是神清氣爽。我問他能不能把快樂分給我一
點。他說好。

「妳的快樂到了。」

「在哪裡？」

「首先嘴巴閉起來，閉了嗎？」

「嗯（緊閉）。」

「好，然後酒窩要出來。」

還好就是「想見妳」的意思

天氣很冷，睡前我躲在棉被裡和棉木先生通電話，我跟他說了最近找工作的進度，似乎在他的城市裡我還找不到一個我喜歡的工作，有點沮喪。

他忽然有點擔心地說：「妳不來我身邊嗎？」其實不是這樣的，我只是還在摸索關於工作的大小事，好希望能夠待在你身邊，但我又害怕自己沒有那個能力。

後來我們聊了別的，聊什麼時候約會、聊他今天繁忙的工作。很可惜這個周末我沒有時間和他見面，棉木先生聽起來有些失落，但他跟我說沒有關係。

「你今天還好嗎？」

「還好。」

「還好是什麼意思？」

「還好就是『想見妳』的意思。」

謝謝你的心裡　有我

談情

今天棉木先生去採橘子，他傳來了採橘子
的影片給我。

我回想起和他剛開始交往的時候，我們也
去草莓園採草莓。

「我們很久沒去採草莓了耶。」

「我們都有種草莓啊……。」

你 的 未 來 我 預 約 了 ，

請 記 得 出 席

「今天晚上可以跟你預約嗎？」我問棉木先生。

「妳要預約什麼？」棉木先生聽不懂我突如其來的要求。

最近我們雖然有見面，但是都忙於工作的事，常常都沒有好好的聊天和擁抱。

「我要預約晚上跟你約會，可以嗎？」

「好，預約成功。」

你永遠是我的第一，
也是唯一

那天和棉木先生討論關於「情侶吵架」、「情侶溝通」的方式。

我覺得吵架的時候，任何的話都是傷害，所有的句子都進不去耳朵裡面，我需要的是被理解、被接納，而不是理性的去分析誰對誰錯。說起來我是很情緒化的，棉木先生屬於非常理性派，即使如此，每一次吵架都還是他先道歉，因為他說人如果要維持好感情，那就要把「和氣」擺第一。

「我覺得……談感情是不能講理的。」

「對啊，妳都不講理。」

我一輩子都會

和你綁在一起

我在 IG @163_____ 改名子了，原本是「青」，
現在改成「青與棉木先生」。

因為我發現青這個字很難被搜尋引擎找到，有太多人叫青。
於是我和棉木先生決定幫我改造、取一個新名子。

我們想了很多，像是山青、朱青、曼青⋯⋯想來想去都覺得
沒有一個適合的，我失落的跟棉木先生說：「我就是青啊，
其他的字我都覺得跟我沒有關係。」棉木先生說：「取了就
有關係了啊！」

聽到他這麼說，我更是搖搖頭，我不認同他這麼說，然後棉
木先生接著說：「就像我原本跟妳沒關係，但我娶妳，我們
就有關係了。」

我 拿 妳 沒 辦 法

那天洗完澡，我又忘了拿毛巾，於是我在浴室大聲嚷嚷：
「嘿，你幫我拿毛巾好不好？」

「好～」棉木先生無精打采地完成任務。我難過地想彌補
些什麼，於是我說：「那……你有沒有希望我幫你拿點什
麼？」

棉木先生想了一下，他笑著說：「我拿妳沒辦法。」

談情

如果妳睡不著，

那我就可以

一直陪妳了

棉木先生說要跟我說一件事，他欲擒故縱地欲言又止好幾次，最後決定不說了。

我生氣地說：「你不講，我今大晚上會睡不著。」

棉木先生笑著說：「如果妳睡不著，那我就可以一直陪妳了。」

我們本來
就是在一起的

「如果可以回到過去，你會想要看什麼？」我問。

棉木先生想了一下，然後說他想去看宇宙大爆炸的時候。我
抿了抿嘴說：「我只想回去看你小時候長什麼樣子。」

棉木先生尷尬地握著我的手說：「我是想去看，宇宙大爆炸
之前，我們是怎麼在一起的。」

談情

我們本來就是在一起的。

妳 過 來 ，
給 我 抱 一 下

好久沒有約會了。每一次見到棉木先生，我話匣子打開就停不下來，他陪我走路、聽我說話、看我比手畫腳的，我的喉嚨都啞了，他始終是那樣靜靜地聽著。

我放開他的手，故意走到他面前，你都沒有想要對我說的嗎。

「有，妳過來，給我抱一下。」棉木先生一本正經地說。

謝謝你對我這麼好

棉木先生最近換了新手機，然後也偷偷幫我買了一隻，和他一模一樣的。驚訝之餘，心裡實在有太多說不出來的感謝，從我研究所的筆電、寫字畫畫的IPad到拍片錄音的麥克風……生活的每一個貼身用品都是棉木先生為我準備好的，有時候實在不知道該拿什麼報答他。

棉木先生只是輕輕地問了我：「那妳以後會對我這麼好嗎？」我想了一下，我說：「那以後我寫一本書給你，是《與棉木先生的一百種方式》，好不好？」

棉木先生開心又害羞地笑了，他對我說：「那妳不要寫得太閃。」我接著他的話說：「是啊，這樣讀者在誠品會找不到我們的書。」

都是白光，會找得到嗎，我們捧著肚子笑了好久好久。

國家圖書館出版品預行編目（CIP）資料

晚安是你,明天的早安也要是你：青與棉木先生共度的100種幸福日常/
青（@163_____）作. -- 初版. -- 臺北市：臺灣東販股份有限公
司, 2023.12
240面 ; 14.7×21公分

ISBN 978-626-379-119-0（平裝）

863.55   112017679

晚安是你，明天的早安也要是你
青與棉木先生共度的100種幸福日常

2023年12月01日初版第一刷發行

著　　　者　青（@163_____）
繪　　　者　棉木先生
編　　　輯　鄧琪潔
美 術 設 計　黃瀞瑢
發 行 人　若森稔雄
發 行 所　台灣東販股份有限公司
　　　　　　＜地址＞台北市南京東路4段130號2F-1
　　　　　　＜電話＞（02）2577-8878
　　　　　　＜傳真＞（02）2577-8896
　　　　　　＜網址＞http://www.tohan.com.tw
郵撥帳號　1405049-4
法律顧問　蕭雄淋律師
總 經 銷　聯合發行股份有限公司
　　　　　　＜電話＞（02）2917-8022